DO TAMANHO DE UM GRÃO

N. NETTA

Do tamanho de um grão

Dulcineia

Às minhas filhas esta obra pertence.

“E comentou sobre uma moça numa loja:
‘eu preferiria antes saber a verdadeira história dela,
do que a centésima quinquagésima
biografia de Napoleão...’”

VIRGINIA WOOLF

MATER DOLOROSA

Castro Alves

Meu Filho, dorme, dorme o sono eterno
No berço imenso, que se chama – o céu.
Pede às estrelas um olhar materno,
Um seio quente, como o seio meu.

Ai! borboleta, na gentil crisálida,
As asas de ouro vais além abrir.
Ai! rosa branca no matiz tão pálida,
Longe, tão longe vais de mim florir.

Meu filho, dorme Como ruge o norte
Nas folhas secas do sombrio chão!
Folha dest'alma como dar-te à sorte?
É tredo, horrível o feral tufão!

Não me maldigas... Num amor sem termo
Bebi a força de matar-te a mim
Viva eu cativa a soluçar num ermo
Filho, sê livre... Sou feliz assim...

– Ave – te espera da lufada o açoite,
– Estrela – guia-te uma luz falaz.
– Aurora minha – só te aguarda a noite,
– Pobre inocente – já maldito estás.

Perdão, meu filho... se matar-te é crime
Deus me perdoa... me perdoa já.
A fera enchente quebraria o vime...
Velem-te os anjos e te cuidem lá.

Meu filho dorme... dorme o sono eterno
No berço imenso, que se chama o céu.
Pede às estrelas um olhar materno,
Um seio quente, como o seio meu.

Homenagem de N. Netta às escravas que abortaram para não conceberem cativos. O poeta baiano Castro Alves (1847-1871) teria feito o poema "Mater Dolorosa", dos mais belos da literatura brasileira, para honrar essas mulheres.

Dedicado à Annie Ernaux.

APRESENTAÇÃO

Isadora de Araújo Pontes
Tradutora de *O acontecimento*, de Annie Ernaux,
Prêmio Nobel de Literatura 2022.

A obra de estreia de N. Netta na literatura é uma narrativa retrospectiva sobre uma experiência extremamente íntima da narradora, que, ao mesmo tempo, evoca a experiência de milhares de outras mulheres. Desde as primeiras páginas, a Medusa nos encara e ri mais uma vez: trata-se de um texto em que a mulher escreve a mulher, o corpo da mulher, sem se deixar amputar por pudores ou censuras. Nela, o corpo da personagem-narradora deixa para trás toda ilusão de impermeabilidade e transborda na escrita com seus desejos, líquidos e secreções. A narrativa de *Do tamanho de um grão* comporta também algo do espírito do tempo do final dos anos 1980 no Brasil. Conforme acompanhamos os acontecimentos de mais ou menos dois anos da vida dessa universitária divorciada de vinte e seis anos, músicas e acontecimentos da época nos situam novamente nesses anos.

A autora dedica seu livro a Annie Ernaux, que, em 2014, numa entrevista ao jornal *L'Humanité*, interpela o silêncio das mulheres que realizaram uma IVG (interrupção voluntária da gravidez) na França, tendo ela mesma vivido e escrito sobre seu aborto clandestino em *O acontecimento*, publicado em 2000 na França e em 2022 no Brasil. Esse questionamento reverbera, primeiramente, em Colombe Schneck, que, no ano seguinte, publica *Dezessete anos* (cuja tradução brasileira fora publicada em 2023), obra de cunho autobiográfico sobre sua IVG realizada em 1984. Do lado de cá do Atlântico, *Do tamanho de um grão* rompe à sua maneira o silêncio que envolve o aborto clandestino no Brasil, com uma escrita lancinante da gravidez indesejada e do aborto vivido pela narradora em 1989, na cidade de Belo Horizonte.

Por sua temática, a narrativa inaugura algo de novo na literatura brasileira, pois é a primeira vez em que o aborto figura tão abertamente como um dos temas de uma obra literária. Até então, quando presente, a temática tendia a aparecer nas entrelinhas, como sugestão ou elipse, ocupando apenas uma pequena parte da narrativa. Nesse sentido, a autora rompe com anos de silêncio e dissimulações, construindo sua narrativa a partir da rememoração do sujeito da enunciação, uma mulher madura, que narra a experiência vivida por essa jovem do final do século XX.

Essa narradora sem nome relata sua experiência solitária de um aborto em uma clínica clandestina de Belo Horizonte no final dos anos 1980. Trata-se de uma vivência pessoal de uma mulher situada em um lugar e um contexto que evoca as múltiplas experiências de mulheres em diferentes partes do Brasil. Sua não identificação é, ao mesmo tempo, aquilo que torna essa personagem universal e o que lhe confere uma voz tão íntima. Quem é essa mulher? Ela nos dá apenas pistas, indícios verificáveis no mundo externo à literatura que brincam com a sede do leitor curioso pelo grau de veracidade do que é narrado, mas nunca responde à pergunta. Este é o relato de uma mulher que ecoa a história de tantas outras e, nesse sentido, trata-se de uma narrativa absolutamente real.

Enquanto a legalização do aborto foi conquistada na França em 1975 com a lei Veil, no Brasil ainda parece que estamos bem longe dessa realidade. Apesar da persistência das lutas feministas por uma lei mais justa que garanta a soberania das mulheres em relação a seus direitos reprodutivos, a pressão dos setores conservadores da sociedade ainda é uma ameaça constante de retrocessos às nossas conquistas no assunto. Hoje, no Brasil, o aborto é legalizado em casos de estupro, feto anencefálico ou risco à vida da gestante. Mas, vale lembrar, em junho deste ano, foi apresentado o projeto de lei apelidado de "PL do estupro", que equipara a homicídios abortos realizados após a 22ª semana de gestação, com pena de 6 a 20 anos de prisão - mais do que a pena de estupro, que é hoje de 6 a 12 anos. Esse PL afetaria particularmente os casos de meninas vítimas de estupro, muitas vezes no ambiente familiar, cuja gravidez, por vezes, só é reconhecida tardiamente. Nesse contexto, em que nossos representantes políticos desejam punir mais severamente uma criança estuprada do que o próprio estuprador, levantar o véu que encobre a realidade do aborto no Brasil e desselar os lábios que guardam esse segredo é uma *necessidade*.

Se olharmos rapidamente para a conquista da legalização do aborto na França, vemos que a lei Veil foi uma vitória das mulheres francesas que se mobilizaram em diferentes frentes com o intuito de garantir o acesso a um aborto legal e seguro para todas. Para chegarem ali foi crucial que as mulheres começassem a falar sobre o assunto, como mostra o célebre "manifesto das 243 vadias", publicado na revista *Le Nouvel Observateur* em 1971, no qual 343 mulheres francesas conhecidas do público (escritoras, atrizes, cantoras etc.) assinam reconhecendo terem realizado um aborto. Dentre elas, a advogada Gisèle Halimi,[1] fundadora do movimento feminista *Choisir*, pela legalização do aborto na França, que no ano seguinte atuou na defesa de Marie-Claire

1 Também narra seus abortos clandestinos e a violência sofrida em *La Cause des femmes* (1973), tendo sofrido uma curetagem sem anestesia após o primeiro, realizado em 1946 – tal obra pode ser considerada uma autobiografia política.

no Processo de Bobigny.[2] Em seu argumento, Halimi faz do julgamento não apenas o processo das acusadas, mas o processo da lei obsoleta de 1920 que repreende o aborto e a propaganda anticoncepcional. Essas mulheres, cada uma à sua maneira, se rebelaram contra *status quo* – assim como os 331 médicos que, por sua vez, assinaram em 1973 um manifesto declarando ter realizado abortos ilegais em mulheres –, culminando no famoso discurso de Simone Veil na Assembleia francesa, no final de 1974, que leva à legalização da interrupção voluntária da gravidez no ano seguinte.

Ao observar esse denso e tortuoso percurso, vemos como a tomada da palavra abre caminho para o fim da clandestinidade em termos de direitos reprodutivos. Nesse sentido, a obra de N. Netta ilumina as contradições da sociedade brasileira, que, enquanto faz vista grossa para mulheres com recursos financeiros ou relações para recorrer a um procedimento ilegal mais seguro, deixa sofrer e perecer aquelas que por sua condição econômica e social se expõem a práticas perigosas para interromper uma gravidez indesejada. Ainda que seja sabido que diferentes mulheres abortam independente da classe social, origem, religião, estado civil etc., no Brasil de hoje são principalmente as mulheres negras e pobres que pagam o preço da lei punitiva contra as interrupções da gravidez, muitas vezes com a própria vida.

Diferentes relatos sobre abortos clandestinos, independentemente da idade ou origem dessas mulheres, por mais distantes que sejam, parecem conectados por

2 Esse processo é considerado um dos marcos cruciais para a legalização do aborto na França. Nele, Marie-Claire Chevalier é julgada por seu aborto, realizado após um estupro. Sua mãe, Michèle Chevalier, e outras colegas também são acusadas por terem ajudado a jovem.

alguns fios comuns: a procura por um endereço onde abortar, o medo (do julgamento alheio, de não conseguir realizar o procedimento a tempo, de ir parar no hospital, da polícia, da morte), a solidão da experiência, os instrumentos etc. A história de um aborto lembra sempre uma outra história, pois existe algo de compartilhado, de coletivo, nesses relatos sussurradas por aí. Talvez por isso, conforme avançamos na leitura de *Do tamanho de um grão*, outras imagens de outras histórias irrompam em nossas mentes, sobrepondo diferentes narrativas e relatos lidos ou ouvidos por aí.[3]

A narrativa de N. Netta é a história das mulheres no mundo quando os direitos reprodutivos não são assegurados pela lei. A história da clandestinidade que coloca nossas vidas nas mãos da sorte: a sorte de ter uma amiga que conhece um endereço, que sabe como conseguir os medicamentos; a sorte de ter dinheiro o suficiente para arcar com os altos custos do procedimento; a sorte de não ter complicações; a sorte de não ser submetida a uma curetagem sem anestesia; a sorte de não ser denunciada; a sorte de não morrer. A autora narra, pois, a experiência de uma mulher em meio a tantas outras, uma experiência completamente humana, com as particularidades do contexto político, histórico e geográfico e, ao mesmo tempo, profundamente subjetiva, desse sujeito que coloca seu corpo na escrita. Também nesse sentido, N. Netta realiza algo radicalmente novo na literatura brasileira: o relato de um aborto do início ao fim. Sem recuar, a narradora não se contenta em sugerir, relatando

3 Ao ler a cena na clínica clandestina de Belo Horizonte, parece que vejo o "bico de pato" avistado por Thérèse – narradora da obra *Ravages* (1995) de Violette Leduc, logo antes da fazedora de anjos introduzir a sonda em seu ventre – entre os instrumentos de inox dispostos na mesa de metal.

a intervenção médica em detalhes conforme acompanha a evolução do procedimento. Até hoje, a única narrativa que parece ter ido tão longe fora a de Annie Ernaux, ao narrar mesmo a expulsão do feto após o aborto provocado em *O acontecimento*. Com a publicação de *Do tamanho de um grão*, Netta chega à literatura já se inserindo numa linhagem imaginária daquelas que dão a ver o corpo da mulher com suas feridas e cicatrizes, daquelas que escrevem desenterrando a palavra e devolvendo o fôlego para as vozes sufocadas.

Paris, setembro de 2024.

REFERÊNCIAS

ERNAUX, Annie. *L'Événement*. Paris: Gallimard, 2000.

ERNAUX, Annie. *O acontecimento*. Trad. Isadora de Araújo Pontes. São Paulo: Editora Fosforo, 2022.

ERNAUX, Annie. Annie Ernaux : «J'ai toujours été persuadée que rien n'était jamais gagné pour les femmes». *L'Humanité*, 03/02/2014. Entrevista concedida a Mina Kaci.

GAUTHIER, Xavière. *Paroles d'avortées* : quand l'avortement était clandestin. Quetigny : Éditions de la martinière, 2004.

LEDUC, Violette. *Ravages*. Paris: Gallimard, 2013.

I

Nasci com dois pequenos órgãos amendoados, um em cada lado do ventre. Imagino-os saquinhos cobertos por uma pele muita fina. Antes dos 14 anos, meus ovários eram rosados e lisos.

Quando menstruei, tomaram matiz indeciso: branco-acinzentados. Então, se pudesse tocá-los com a ponta dos meus dedos, sentiria os óvulos, esferas minúsculas com todas as partes de um ovo, incubando, lá dentro, túrgidas.

O propósito do meu óvulo maduro é único: abocanhar a cabeça de um espermatozoide, castrar sua cauda, ser fecundado, gerar um embrião, rolar pela trompa e grudar no útero, esse eco esponjoso do tamanho de um punho.

II

No cinzeiro um Dunhill queima sozinho até virar aquela casca de cinza preservando a forma clássica de cigarro, entorta para baixo, desmorona sem cair e a brasa corre lá dentro, a gente vê.

***

Não existem traços daqueles dias, um papelzinho que fosse, qualquer palavra nele apontada. Dou a letra é de cabeça, da memória o que não me escapuliu. O ano? 1989. Sempre acreditei ter sido em agosto. Os ipês estavam floridos, disso não esqueci porque andei em calçadas cobertas de pétalas rosas derrubadas pelos ventos desencontrados do mês agourento.

Dizia minha avó.

E foi?

Rodo minha mão na cara e ofereço-a a tapa.

Durante todos esses muitos anos, eu tive um sonho ruim. Tentava a todo custo esconder dos outros que eu havia enterrado algo. Minha intuição de mãe me diz que eu esperava um menino. E eu pensava que o algo enterrado do meu sonho ruim fosse ele. Mas não: era eu, *euzinha*, com medo de não saber mais como acordar outra vez:

– O *homi* do saco vai te pegar, vai te pegar, vai te pegar!

Não havia dúvidas sobre abortar. Ia fazê-lo e ligeiro, embora me recorde de uma conversa delirante com o meu namorado da época, dentro do carro dele, uma Brasília azul-calcinha, enquanto rodávamos pela cidade, fumando um baseado e ouvindo "Tempo perdido":

Não tenho medo do escuro
mas deixe as luzes
acesas, agora.

Eu falava sobre casar e ter o bebê. Nunca iríamos casar e ter o bebê. Nunca. Sabia disso e, na verdade, nem queria. Era a repetição me tentando outra e mais uma vez. Agora, bancar sozinha um filho de contrabando, como meu pai se referia à cria fora do casamento, seria o estigma da minha sina de lelé.

É.

Lelé: era assim que me apelidavam, indicando pelo gesto do dedo que a gente põe na ferida, rodando grande e devagar ao redor do buraco da orelha, como se as minhas ideias existissem reviradas dentro da cabeça.

Quando me chamavam de lelé, se referiam ao fato de que eu era precoce, outra palavra que também usavam para me desqualificar. Às vezes, eu me sentia avançada. Outras vezes, agia de forma inconveniente.

Refletindo sobre o que se esconde no avesso das palavras, me pergunto hoje o que eu fui e quem eu sou.

III

Corriam os anos 70.

A Olé fazia sabão em barra para lavar roupa, usando sebo de cachorros capturados nas ruas. A barra era do tamanho do covo da mão aberta de um homem adulto, escorregadia, amarela e salpicada de manchas marrons.

Alguns dias no mês, a carrocinha passava pelo bairro, assustando e perseguindo os cachorros pulguentos e furtivos que vagueavam inquietos.

Das ruas, atraídos por ossos e nacos de carniça, os cachorros sem trato, sem dono e sem destino eram conduzidos para o matadouro e de lá para os grandes tachos de cobre da fábrica, onde as trabalhadoras os ferviam, até acertarem o ponto do grosso caldo para o sabão. Diziam que os cachorros eram pegos por estarem babando, raivosos, mas nunca acreditei nisso.

Cresci na Chácara do Tanque, zona norte de Belo Horizonte, um bairro proletário criado em torno da fábrica de sabão em barra Olé. Lugar modesto, mas decente, como minha família gabava-se de ela própria ser.

No meu bairro, o correr da vida não era lembrado pelo badalo do sino, ruído de Deus. Era marcado pelo apito da fábrica, comando do homem. Quando davam 11h, o apito disparava avisando às trabalhadoras do almoço. O silvo ressoava grande e alto pelas ruas do Tanque: *ohmmmmmmmm.*

Era quando eu voltava das minhas andanças pelo bairro, chegava em casa, tomava banho, vestia o uniforme lavado e passado, comia, pegava a pasta e o dinheiro contado para o ônibus e a merenda que meu pai deixava separado em cima da mesa da cozinha corroída por cupins, saía de casa, caminhava passando furtivamente pelo Beco do Zé, chegava ao ponto, pegava o ônibus do meio-dia e meia e seguia feliz para a escola lá no centro da cidade, porque minha família queria estudo de menina rica para mim. O dever de casa eu fazia depois da aula. À noite, eu ficava lendo livros que pegava na biblioteca da escola, até meus olhos se fecharem.

Nas minhas andanças à deriva, em busca de alguma coisa, para além das ruas centrais do Tanque, depois de virar uma curva lá para os lados do Cruzeiro, onde minha mãe dizia ser perigoso e meu pai me proibia ir, parava em uma esquina, encostava em um poste e ficava observando as conversas entre damas de braços nus e frágeis sentadas no meio-fio e esticadas para trás na calçada, sustentadas pelas mãos abertas contra o chão.

Elas tomavam sol folheando a revista nova da *Avon* e fumavam passando o cigarro com o filtro manchado de batom vermelho de uma para a outra, preso entre os dedos de unhas feitas, grandes e esmaltadas. Moravam nos fundos das casas que davam para a frente da rua, em barracões de dois cômodos alugados para elas por seus homens.

***

De repente, no descampado de terra batida ao lado da Vila das Mulheres, os ciganos surgiam, sem sabermos de onde vinham ou para onde iam. Naquele bairro suburbano, os personagens coloridos despertavam a desconfiança na vizinhança: roupas não deveriam dormir nos varais, fechem as portas mais cedo!

Diziam que até roubavam crianças.

Eu gostava quando os ciganos apareciam no Tanque e subia até o descampado para espiá-los, contrariando ordem repetida dos meus pais.

Um dia, uma das ciganas me convidou para se juntar à roda delas. Eu me aproximei, passando as mãos atrás da saia, alisando o tecido junto ao meu corpo para que ao me assentar não mostrasse a calcinha, nem ralasse a minha pele lisa no áspero chão de terra. Eram os modos de uma mocinha de família.

Ofereci minha mão para que a mulher visse meu destino, porque era assim que se fazia quando a cigana aparecia nos livros que eu lia. Na cabeça, ela usava um lenço com barulhinhos de moedas que prendia uma trança grossa de cabelos negros.

– Mão de menino não tem leitura, as linhas não são definidas – me frustrou, negando-me revelações.

Mas, acariciando minhas mãos, em transe e língua misturada, entendi a cigana dizer: – *Tu ganharás la vida com elas, trabalham animadas por la linha do corazón* – vaticinou, traçando com o próprio indicador um caminho que saía do lado esquerdo do meu peito, contornava meu ombro, cursava o braço passando pelo cotovelo e o pulso, atravessava minha mão e ramificava-se entre as pontas dos meus dedos longos.

E orientou-me:

– Siempre que pasar por una igreja, entra y acienda una vela para guiar tu mãos ao escrever.

É o que venho fazendo desde aquele dia.

***

Em seguida, voltando à consciência, a mulher meteu a própria mão no decote profundo e sacou do *soutien* de alça retorcida e renda rosa uma agulha enfiada numa linha branca. Alinhou os fios e deu um nozinho na ponta, selando-o com a própria saliva. Pinçou o nozinho entre as pontas das unhas do polegar e do indicador. Posicionou a agulha de ponta-cabeça.

Puxou minha mão para si, virou a palma para cima e colocou-a debaixo da agulha. Ainda com a ponta das unhas, firmou a linha por segundos. Então, a mulher começou a movimentar a linha na vertical, em cima da palma da minha mão, sem tocá-la: uma vez, duas vezes; na terceira vez, ela interrompeu o movimento.

A agulha foi parando de se mexer...

***

Sustentada pela mão imóvel da mulher, segundos depois de parar, a agulha voltou a se movimentar sozinha, feito um pêndulo sobre uma tábula, e descreveu um círculo perfeito sobre a palma da minha mão.

Curiosas, as outras mulheres, olhando ao redor, reagiram em uníssono: – Menina!

A cigana repetiu duas vezes o encanto. A agulha descreveu outro círculo e por fim um traço: eu seria mãe de duas meninas e de um menino.

IV

Com minhas vizinhas, operárias, amantes e ciganas, aprendi coisas de mulher e fantasiava como eu e a minha vida seriam.

V

Fui eu quem primeiro encaminhei aos grandes olhos verdes dele, os castanhos meus. Y veio na minha direção, tirou dos meus lábios o cigarro que eu fumava orgulhosamente, tragou forte, segurando-o entre o indicador e o polegar, jogou fora o toco e esmagou-o contra o chão, de lá para cá, virando a ponta do tênis branco Bamba, bem devagarinho. Para o alto, soprou reta a fumaça.

Me falou que curtia o filósofo grego Parmênides: o movimento é apenas aparente.

Naquele dia, foi quando começamos a namorar. Eu e Y éramos colegas de uma mesma turma do curso de Comunicação da PUC Minas. Eu tinha 26 anos, idade de se conhecer melhor, e tentava correr atrás do que não tinha vivido antes, quando era mais jovem, perdida na floresta de um casamento anterior, cedo demais.

Na adolescência, Y foi emancipado. Vivia sem nenhuma moderação. Inchava de intrepidez. Em uma festa chique de familiares dele, ao ser flagrado pelos seguranças afanando uma garrafa de uísque caro, malocada da forma mais indiscreta possível no bolso interno do blêizer esporte fino, escolheu espatifá-la no chão.

Demos o fora.

Eu, nas mãos, com os meus *stilettos* forrados de veludo preto com pedrinhas coloridas e brilhantes, desci a escadaria de mármore da Associação Médica de Minas Gerais, banhada a

Balla 12, olhando para o chão, procurando o seco, cuidando para não pisar em cacos de vidro, corpete justo, saia rodada de tafetá azul profundo marcada na cintura e anágua frufru, naquela noite de merda o figurino me caiu mal!

Tempos depois, joguei o corpete justo, a saia rodada e a anágua frufru na lata de reciclados, junto com outros descontextos da minha vida. Os *stilettos*, ainda os tenho comigo.

Y era meu machinho.

O gozo dele era como jorro saindo do buraco das costas de uma baleia, sêmen nacarado, cremoso e doce carregando 500 milhões de espermatozoides frenéticos.

Muitas vezes, interrompíamos o coito.

Mas, um dia, os espermatozoides foram mais ágeis do que as nossas mãos, entraram pelo meu sexo, passaram pelo útero, escalaram as trompas e a cabeça de um deles foi abocanhada pelo óvulo liberado por um dos meus ovários em novembro de 1988.

VI

Era véspera de Natal.

Apareceram dores e inchaços na minha barriga que não cediam com remédios. Sentia mal-estar, enjoo e não comia. Escorriam coágulos de dentro de mim e a impressão era que a minha menstruação estava entalada.

Ventre apertado contra o colchão, eu passava o dia na cama do meu quarto, vendo o noticiário na TV: o movimento das pessoas andando nas ruas tomadas por água, desabrigadas da chuva, comprando presentes, subindo e descendo escadas rolantes com capas e sombrinhas empapadas, segurando sacolas vermelhas da Mesbla e implorando por táxis, naquela época eram raros, chamados carros de praça e os motoristas de *chauffeur*.

Com os dias, a dor não se acalmava. Estendeu-se até o peito, correu para os ombros e o pescoço. Meu rosto arredondou. Gases tomaram toda a barriga e meu umbigo saltou para fora. O corrimento sangrento tornou-se uma excreção de matérias. Estava pálida, fraca, vomitando e andando de um lado para o outro, como fera na jaula.

Meu corpo mostrava minhas forças no fio.

Homens vestidos de branco desceram as escadas do prédio onde eu morava, comigo deitada de cabeça para baixo, atada pelo tronco, braços e pernas a uma maca portátil. À medida que a maca ia descendo, eu podia sentir os vizinhos espiando a desgraça acontecida comigo, por trás dos olhos mágicos nas portas.

Fui para o pronto atendimento de um hospital particular, em uma ambulância.

Quando o médico de plantão me tocou, senti uma dor excruciante. Soltei o famigerado "grito de Douglas", que confirmou a suspeita: um óvulo havia sido fertilizado e, ao invés de rolar até o útero, ficou aprisionado em uma das trompas. Com o passar das semanas, o óvulo fecundado começou a se desenvolver dentro daquele tubo estreito, delicado e cheio de veias. O médico calculou que por volta da sexta semana de gestação a trompa se rompeu. Sangue vazou para dentro do meu abdômen, infeccionando a cavidade, as membranas e as vísceras.

Eu acabava de saber que estive grávida, tinha perdido o bebê e precisava de uma cirurgia de urgência.

A morte descia sobre mim.

Do pronto atendimento do hospital, me levaram para dentro de um quarto pequeno com apenas uma maca estreita equipada com barras de ferro para eu não cair. Uma agulha me furou: ligaram um acesso venoso no meu braço e me avisaram que eu deveria aguardar. Fiquei sozinha, tentando não ouvir os gemidos e rumores ocasionais que escapavam quando portas se abriam e se fechavam no corredor. Cerrei as pálpebras decidida a me acalmar. Mas passei a noite de olhos arregalados, revirando o corpo para a direita, a esquerda, deitando-me de bruços, de costas, agarrada ao travesseiro feito criança.

Senti, durante todo o tempo que fiquei naquele quarto, o cheiro de ureia, a quentura do xixi no lençol, o ardido na pele, a camisola hospitalar e a calcinha ensopadas, a coceira na perereca, pinicando a bunda, o rego e as pregas do cuzinho e descendo pelo meio das minhas coxas, vergonha de não saber me controlar, mesmo já sendo uma mocinha. Sua mijona!

Quando a enfermeira foi trocar a bolsa de soro, encarou-me com a fisionomia endurecida, os olhos encolhidos e a testa franzida. Eu tinha que dar um jeito de sentar e fazer as minhas coisas sujas dentro daquele penico duro e frio que estava debaixo da maca. – Era só apertar a luzinha vermelha – a enfermeira debochou, simulando o gesto de apertar com o dedo indicador reto e firme, quase tocando a ponta do meu nariz.

Acabou me colocando fraldas.

No dia seguinte, os médicos abriram meu abdômen e me submeteram a uma cirurgia para extirpar a trompa dilacerada e para lavar o interior da cavidade, tomada de sangue e líquidos e atacada por germes e pus. Durante a cirurgia, entorpecida eu via os vultos de toucas e jalecos brancos trabalhando com energia dentro da minha barriga.

Não sabia quantos dias se passaram quando acordei, lutando para emergir do embotamento causado pela anestesia. Olhava a obscuridade daquele quarto de hospital cortado em dois pelo luar que entrava pela janela, tentando, sem conseguir, me dar conta se estava viva.

Tinha sede.

Estava deitada de barriga para cima, por causa do corte no meu ventre, e ainda ligada ao tubo de soro. Tive uma crise de tosse que causava facadas na minha barriga costurada. As forças foram se exalando de mim. Y estava comigo e, para evitar que eu me afogasse no próprio vômito, forçou minha cabeça para o lado. Uma água bolhosa como esperma vazou pelo canto da minha boca.

Eu tinha que comer para fazer cocô. Tinha que peidar. Seriam sinais de que meu corpo estava se recuperando. Me fiz engolir um caldo ralo, que mais tirava do que me dava forças, os pedacinhos de frango amolecidos e mesmo gelatina quase líquida e sem sabor arranhavam minha garganta irritada pelo esforço que tinha feito horas antes para não morrer asfixiada. Minha boca enchia de cuspe e eu não conseguia fazer descer aquela água que sentia como um ácido.

Babava.

Naquela noite, o médico que fez a cirurgia foi avaliar meu estado. Ele vestia camisa Lacoste branca, o estetoscópio jogado displicente no pescoço e carregava um *bip* no cinto da calça. O médico apertava de forma compulsiva os botões do *bip*, ora apagando uma luzinha verde, ora acendendo uma luzinha vermelha. Às vezes, não tirava os olhos das luzinhas, enquanto falava comigo.

Explicou o estado arruinado da minha trompa direita, justificando o porquê de ter sido necessário me amputar. E que material havia sido coletado para biopsia. Lembro com clareza: quando recebi alta, saí carregando um tubo de ensaio vedado por uma tampa de borracha avermelhada pelos corredores assépticos do hospital e fiquei olhando para o que havia sido retirado de mim; um fragmento flutuava em uma solução translúcida, feito uma minúscula água-viva.

Entrei em uma sala com uma placa onde estava escrito "Coleta de Material" e passei o tubo para uma mão feminina que surgiu de um buraco redondo aberto em um guichê de vidro depois que bati hesitante no pino da campainha dourada que estava em cima do balcão: *triiiiiiiimmm*.

Em seguida, fui parar na tesouraria do hospital, onde assinei e deixei um cheque gordo pela ambulância, atendimento de urgência, internação, cirurgia, procedimentos, exames, honorários médicos, remédios, taxas extras e impostos. O dinheiro tirei de uma economia que coube a mim quando me divorciei. Com esse dinheiro, planejava viver no mínimo dois anos, sem precisar ser acuada a trabalhar no primeiro trampo que aparecesse. Por causa dessa despesa imprevista e outros apertos que surgiram na minha vida, muito em breve estaria contando tostões.

Ao final da conversa, o médico se aproximou do leito onde eu estava deitada e pousou a pesada palma da mão sobre o meu ombro, apertou-o e garantiu que eu não me preocupasse: com apenas uma trompa ainda era possível engravidar.

Minhas aflições eram outras.

Mantinha boas relações com minha família, embora ainda tentassem me controlar, depois que divorciei. Eu havia avisado ao meu pai que tinha sido internada por causa de uma dor de barriga e antecipava que ele pudesse ir ao hospital me visitar, como, de fato, foi e se estranhou com Y. Me senti diminuída por essa atitude do meu pai: desconsiderar uma pessoa que estava me acompanhando porque se tratava de um homem que ele não conhecia, que ele não havia aprovado. Mas nunca confrontei meu pai, porque sempre o respeitei.

Antes de meu pai chegar ao hospital, combinei com o médico que iríamos dizer que eu havia retirado um cisto no ovário. Clichê que ele me revelou ser o mais usado pelas mulheres na mesma condição que estive: grávida fora de um casamento. Apertamos as mãos para selar a cumplicidade. Mas o médico, em tom acusatório, questionou-me por que eu não me prevenia, uma mulher com o meu estudo, foi o que ele alegou, sacudindo a minha mão com intensidade.

Coloquei-o a par: o DIU me provocava hemorragias profusas e cólicas brutais. Hormônios me inchavam e cobriam meu rosto de espinhas. Camisinha, diafragma e espermicida me desencadeavam coceira, brotoejas, vermelhidão e ínguas na virilha.

Guiava-me pela tabelinha, pelo calor da minha pele e pelos mucos que, nos dias férteis, umedeciam meu sexo. Mas a razão ditada pelo ritmo do meu corpo não disciplinava o desmando do meu desejo.

Acabei com uma cicatriz grossa e disforme na barriga, descendo do umbigo ao púbis, para o resto da vida.

***

Quando voltei às aulas, no início do ano letivo de 1989, olhava com inveja as colegas que davam sem fazer lambança.

VII

Minha segunda gravidez com Y aconteceu durante um feriado prolongado, no sítio da família dele. Era um rancho distante dos outros, meio abandonado, uma casinha entre bananeiras, quarto, sala, fogão a lenha e bica descendo da serra e vertendo água em uma cisterna aberta no quintal desolado de terra vermelha.

Não me lembro de onde era. Talvez Rio Acima: um lugar de cachoeiras distante de Belo Horizonte. Quando não estávamos no rancho, passávamos o dia em uma pequena barraca de *camping* que armávamos em clareiras no cerrado. Naquela época, o modelo da barraca chamava Transa a Dois. Y se exibia para mim, saltando de penhascos altíssimos e mergulhando de ponta em poços fundos de pedras arredondadas, lisas e pretas.

A água era transparente e fria como gelo.

À noite, nós dois ficávamos olhando aquela escuridão bonita das serras de Minas Gerais, a fogueirinha de dois paus crepitando, eu e ele dentro de um cobertor de flanela marrom com franjas puídas, tiritando de frio. Meus olhos voltados para o alto estavam sempre à espreita de sinais.

***

Tudo o que acontecia à minha volta eu achava que guardava um segredo profundo e servia de tema para uma história. Vivia de imaginar. Realidade e ficção se confundiam para mim. Contava, entusiasmada, minhas ideias literárias para

Y. Ele me julgava bobinha, usava essa palavra, "bobinha", sorria tão encantador para mim, juntava o corpo dele ao meu e me dava um beijão de língua.

***

Logo ele: virou baita de um escritor.

Hoje, Y vive fora do Brasil. Há uns anos, nos falamos, ele veio a Belo Horizonte lançar mais um de seus *best sellers*. Depois de quase três décadas sem nenhum contato, a lembrança que ele avivou de nós foi "aquela vez que passamos a semana toda trepando no sítio".

E foi mesmo: julho de 1989.

Nos lambuzamos de estrogênio e de testosterona.

VIII

De volta a BH, eu me sentia untuosa.

***

Aquele feriado no sítio reduziu-se à verdade do sexo.

Quando contei a Y que estava grávida, naquele dia, enquanto rodávamos pela cidade, fumando um baseado e ouvindo "Tempo perdido", ele foi categórico sobre não querer dividir comigo uma cama de casal de pinho ordinário das Lojas Sears e, ainda por cima, aos 19 anos, ser pai.

Tinha razão.

A decisão de abortar não foi um dilema para ele e nem para mim.

Na época que fiz o aborto, não. Mas hoje eu avalio as outras decisões que poderia considerar: confrontar o mundo, ter o filho e criá-lo sozinha ou confrontar o mundo, ter o filho e levá-lo para a adoção.

Na circunstância em que eu estava, abortar era mais responsável comigo mesma e com as pessoas que estariam envolvidas na gravidez do que ter e criar um filho. Quanto à adoção, eu não escreveria um final aberto para a minha vida e a vida de um filho meu.

Havia chegado ali por ter deixado meu corpo me governar. Pois bem: agora, não deixava mais.

IX

Primeiro, tentei comprar o comprimido proibido, aquele que faz descer "a bola de sangue", quem já passou por um aborto químico clandestino vai me entender. Tive pavor. Mas pensei: se eu não aguentar, procuro o hospital e invento mentira de que começou a sangrar, não sei o porquê.

Atravessei viadutos, passei por vielas, subi morros, caí em valas até entrar em uma farmácia aleatória numa avenida movimentada em um bairro miserável de Belo Horizonte. Achava que nesses lugares seria mais fácil conseguir o comprimido abortivo. Fiquei esgueirando pelos corredores, inventava cheirar sabonetes vagabundos, fingia ver preços, é como gastava minha aflição.

Eu tinha uma receita de um outro remédio para comprar. Fui até o balcão, o atendente era um homem. Mostrei a receita e, antes que ele fosse buscar o remédio prescrito, perguntei, olhando para os lados, em voz baixa, com medo de que se agravasse a minha situação: – E esse aqui, você tem?

Eu havia escrito o nome do comprimido proibido atrás da receita que tinha. Lembro de ter ficado sabendo mais sobre o remédio abortivo em uma matéria que li nas páginas policiais dos jornais, algum ponto de venda deve ter sido estourado naqueles dias. O comprimido proibido era usado para tratar úlcera, mas podia ser comprado, na clandestinidade, para abortar.

A cara de mau que o atendente fez ao me perguntar se tinha receita para aquele "outro" remédio, apontando para o nome que eu havia escrito atrás da receita, fez de mim uma pária, e eu estava era grávida. A mão me segurou pelo pulso, pressionou-me contra o balcão. Do quente da boca, soprou: – Vou pegar o remédio da receita, da receita.

Só quando quis, me soltou.

Saí da farmácia embalada.

Atravessei uma avenida movimentada sem olhar para os lados. Tive de me jogar para a calçada, a fim de evitar um carro em alta velocidade, bati de encontro ao meio-fio e me vi jogada no asfalto. Caí sobre as mãos, as palmas ardiam. As coisas que estavam dentro da minha sacola de algodão cru esparramaram na avenida: minha identidade, a carteira com magras notas de dinheiro, meu porta-níquel cheio de moedinhas, textos xerocados da escola para estudar, meu pente de madeira, dois livros e as chaves do apartamento.

Catei minhas coisas, joguei o que pude dentro da bolsa, levantei e fiz sinal para o primeiro ônibus que passou. O ônibus não parou. Saí correndo atrás dele, perdi o fôlego dificultado pela corrida, escapou-me das mãos a carteira e o porta-níquel e não parei para recolhê-los. Para longe, voaram os textos da escola que eu segurava debaixo do meu braço. Da sacola que se rasgou quando caí no asfalto, vazaram a chave, o pente e os livros.

Agarrei-os, balançando-os no ar.

X

Até então, eu não tinha contado para ninguém que estava grávida, além de Y. Resolvi me abrir com M, uma amiga da faculdade. Sem precisar implorar, dois dias depois que eu pedi ajuda, ela me passou um contato.

Eu estava no meu quarto, esticada na cama, a cabeça encostada na cabeceira, ocupada em reflexões. Mastigava biscoitos água e sal. Das minhas mãos esfoladas na queda no dia anterior, brotavam gotículas de um líquido pegajoso.

Na TV ligada, sem eu assistir, ouvia o Pedro Bial transmitir ao vivo os dias épicos que antecederam a Queda do Muro de Berlim, uma manifestação gigante acontecia no Portão de Brandemburgo e eu me sentia alheia àquele acontecimento que acreditávamos que mudaria o mundo para melhor, porque acabariam as divisões.

O contato que M me passou era um número de telefone e um endereço anotados a caneta azul, em letra miúda, num pedaço rasgado da folha pautada de um caderno de espiral metálico.

M sentou-se na beirada da cama e, frisando com a unha do polegar a bainha da própria blusa, me explicou:

– É uma clínica médica que faz o aborto por sucção, uma amiga de uma amiga de uma amiga do meu serviço fez e deu certo, não é uma casa de parteira – ela disse, referindo-se àqueles lugares que todo mundo sabe que existem, o que fazem e onde ficam.

– Sangra? – perguntei, tremendo e amontoando meu corpo próximo ao dela.

– Há de ser nada, se feito no tempo certo – ela respondeu, abaixando a cabeça e segredando-me ao ouvido.

***

Hoje, examino esse segredo que M me revelou.

Um aborto nunca será nada, ainda que cada mulher vivencie sentimentos íntimos e diferentes sobre esse acontecimento. Mas o tempo certo para fazer o aborto importou para mim.

Eu não queria me apegar ao bebê e calculava que, quanto mais cedo fizesse o aborto, menos desenvolvida estaria a gestação, o que diminuía o peso daquela minha decisão que eu suportaria sozinha.

Ignoro a sorte que na vida teve M.

Fomos nos distanciando e ao fim do curso nem éramos mais tão amigas assim. Nunca falamos sobre o aborto uma com a outra, e não sei se ela falou sobre isso com alguém. Ninguém nunca comentou nada comigo. Muito tempo depois de formadas na faculdade, tive notícias apenas de que M havia casado, não tido filhos e trabalhava como jornalista na política.

O sentimento que guardo por ela é o de gratidão.

***

Eu não entendia direito o mecanismo por detrás daquela palavra: sucção. Imaginava pelo nome. Naquele tempo, não existia internet. A novidade sobre abortos feitos por sucção, em clínica médica, chegou até as mulheres soprada pelo vento. Eu mesma não conhecia ninguém que já tivesse feito um aborto daqueles, nem usando outro método, embora soubesse que essas mulheres existiam e que estavam andando por toda a cidade.

XI

Fui até a biblioteca da universidade onde eu estudava.

Embora sejam silenciosos, os livros sussurram as lutas dos seres humanos de cada tempo. Eu queria ouvir o sussurro do aborto pela voz da literatura e, nas histórias, encontrar e acompanhar a jornada das minhas heroínas.

Lembro-me das gavetinhas compridas e estreitas dos arquivos de ferro da biblioteca, pintados de cinza-claro, onde ficavam as fichas em papel encorpado, retangulares, pautadas, com uma linha vermelha delimitando o cabeçalho, os dados dos livros eram escritos à mão ou datilografados.

Fui à gavetinha da letra A de Aborto. Que título eu imaginava encontrar? Aborto, uma história sobre? Puxei a gavetinha para fora: despencou, quase esparramando as fichas no chão. O bibliotecário, à espreita, me repreendeu, olhando por cima dos óculos fundo de garrafa.

Disparou um furioso *shhh*!

Ignorei-o.

Continuei percorrendo a longa fileira de fichas, desgrudando-as umas das outras com as unhas longas e pintadas de escarlate, não gosto de cores tímidas. Agora, todos na biblioteca me seguiam com os olhos, a barriguinha estourando os botões do *jeans* Vide Bula, original, caro e apertado, que me caía tão bem!

Nada de história sobre aborto na letra A.

***

Em cima do arquivo de ferro, tamborilei com a ponta das unhas. Estavam lascando, que merda! Tenho por hábito exprimir meus pensamentos por gestos e às vezes penso em voz alta. – Onde encontrar? – Fazia girar meu anel de turquesa oriental no indicador esquerdo. – Onde encontrar? – repetia para mim mesma.

Resolvi arriscar a gavetinha da letra S de sexo: uma coisa, afinal, leva a outra. O mais próximo da minha busca foi *O segundo sexo*, da autora francesa Simone de Beauvoir. Não era uma história sobre aborto, com heroína e tudo, mas um estudo filosófico sobre a condição feminina, escrito em 1949. O estudo antecipava a discussão sobre direitos, corpo e sexualidade das mulheres que não se esgotou até hoje.

***

Entre as décadas de 40 e 50, as mulheres valorizavam a virgindade. Nos anos 60 e 70, elas aceitavam ou não transar. Nas décadas de 80 e 90, nós queríamos transar. Mas sem engravidar. Fazer o que quando isso acontecia?

Esgueirei-me até um corredor recôndito e escuro, era o indicado na ficha. Localizei o livro de Beauvoir espremido entre outros livros, pequenos, grandes, grossos e finos, que estavam na fileira dos autores existencialistas. Tinha estudado um pouco sobre eles na matéria "Fundamentos de Filosofia", no semestre anterior. Uma frase eu guardei do existencialismo: "O importante não é aquilo que fazem com você, mas o que você faz do que os outros fizeram com você."

Comecei folheando *O segundo sexo* em pé, ali mesmo, escorada entre prateleiras longas de madeira respeitável e preta cheirando a óleo de peroba. Naquela serenidade catalográfica, mascava chicletes Ploc, por causa dos enjoos que começaram a me atacar pela manhã. Eram dois volumes gordos e falavam sobre aborto no meio de outras palavras que eu não entendia: essência, existência, imanência, transcendência.

Com o livro de Beauvoir nas mãos, ajeitei-me em uma das mesas por ali, as prateleiras de livros eram barricadas me protegendo do bibliotecário míope e de todos os outros na biblioteca que me seguiam com os olhos. Com a ajuda do dicionário, fui ganhando forças para levantar os véus que encobriam as palavras.

***

Não entendia as ideias todas e variadas. As frases atravessavam os fundos dos meus olhos e encontravam meus juízos e outras sabedorias, maquinando conhecimentos novos: meu avô, por parte de mãe, os dedos ossudos de pontas arredondadas e grosseiras, as unhas largas e amareladas entrando na carne, o canivete picando fumo dentro da mão em concha, demorando no fazer o que eu mais gostava: a fumaçada.

Dele, copiei o vício: única mulher na família, cigarrista.

Aos 10 anos, fumava escondida cigarro comprado picado no bar da Loura: Minister. Fazia assim: batia as cinzas dentro da boca da cisterna no quintal da casa onde eu morava. Subia nela, erguia a pesada tampa de cimento, puxando de arrancado a alça de ferro enferrujada, e espiava: a escuridão, o bafo morno da fundura da terra, o fim do mundo.

Era o medo da minha mãe: um dos filhos cair lá dentro. Eu não caí por um triz.

XII

De manhã, eu ia à faculdade. À tarde, trabalhava. E o fim do dia eu emendava com a noite, jogando conversa fora pelos antros da Belo Horizonte do final dos anos 80: Diário da Noite no Centro, Pelejando no Santo Antônio, Pastel de Angu no Santa Efigênia e Bar do Antônio no Sion. Isso depois das intermináveis sessões *noir* no recém-inaugurado Savassi Cine Clube.

***

Às vésperas do aborto, comecei a voltar para casa depois do trabalho. Não dormia. Um dia antes, fui virada fazer uma matéria para o jornal experimental da escola, *O Marco*. A pauta era a morte do elefante Joca no zoológico de Belo Horizonte, na Pampulha.

Lembro de mim no pátio cimentado que ficava do lado de fora do hospital veterinário, com o caderno de anotações e o lápis na mão, olhando o corpo de Joca aberto do peito à barriga. Um veterinário o necropsiava, inclinado sobre o cadáver estripado; as entranhas eram tenebrosas, atravancadas de volumes sinuosos que pareciam ainda se mover.

A sangueira escorria no chão, os olhos do elefante estavam meio abertos, meio fechados, e moscas varejavam as largas e finas orelhas agora rígidas. O corpo já não tinha as brancas, duras e valiosas presas de marfim. Os pés, antes redondos, estavam desfigurados pelo inchaço.

O cheiro era corrosivo e quente.

A manhã estava seca e empoeirada.

Não havia sol e as nuvens inchavam.

***

Do estômago de Joca, o veterinário ia retirando e jogando, ao acaso e longe, garrafas PET de todos os tamanhos e cores que os visitantes ofereciam para o elefante agarrar com a musculosa e divertida tromba, levar à boca e engolir. Fiquei imaginado Joca entalado pelo plástico, erguendo para o céu os olhinhos minúsculos e desvairados: a enorme massa de carne tentou esboçar uma súplica, o monstro bocejou, as lágrimas rolaram sobre sua pele acastanhada, rija e espessa. Moveu a cabeça de um lado para o outro e desistiu de viver, vencido por aquela merda toda.

O esqueleto de Joca, hoje, está exposto no Museu de Ciências Naturais da PUC Minas, e sempre que o vejo, quando vou até lá em passeios ocasionais, às vezes com meus netos e afilhados, sinto que aquela ossatura gigante armada com pinos de aço, erguida sobre um pedestal de mármore, guarda cumplicidade com aqueles meus dias.

Quando acabei a apuração da matéria no pátio do hospital veterinário, fiquei vagando lerda pelo zoológico. Desandei a soluçar. Perto da jaula dos lobos, peguei um torrão de terra. Estava úmido. Lambi: não tinha gosto e melava. Raspei nos dentes e engoli. Enganou a ânsia. Aí me deu vontade foi de comer mato. Enquanto mastigava, acertava comigo mesma os detalhes do dia seguinte.

Inventaria história de que precisava arrancar o dente siso para faltar ao serviço. O aborto foi numa quinta ou sexta-feira, disso sei porque calculei resguardar-me no fim de semana. Eu raciocinava era na lei do prático. Tinha um plano e pensava: tudo se resolve para o final. E resolveu? Quando acabei de planejar como seria o dia do aborto, regurgitei uma borra densa, de gosto verde e amargosa.

Lembro que na tarde daquele dia, depois de voltar correndo do zoológico, sem almoçar, entrei na sala envidraçada do chefe e o vi sentado na cadeira de encosto alto, inclinando-se para frente e para trás, aquela feição nula de óculos quadrados. Concordou com a cabeça, sem resistir à minha falta no dia seguinte. Tanto fazia mesmo, ele tolerava a minha incompetência para o serviço de datilógrafa. Afinal, queria me comer. Tentou naquela oportunidade mesmo. Não era rico, contudo, eu poderia ter feito dele um homem que pagasse minhas contas por um tempo. Mas dei o meu não. Fui despedida na segunda-feira seguinte, três dias depois de fazer o aborto.

Foi quando, já sem dinheiro e agora sem emprego, passei a viver de rendas vagas até me formar.

XIII

A clínica tinha regras. As coisas foram acertadas dias antes, pelo telefone, entre mim e uma voz de mulher sem identificação do outro lado da linha: dali em diante eu deveria usar somente a palavra "operação".

Jamais "aborto".

Não atendia a menores de 18 anos, eu deveria apresentar a carteira de identidade. O pagamento era feito antes da operação, em dinheiro vivo e à vista. O momento para agir entre 30 e 90 dias de gestação, isso eu tinha que comprovar por exame de sangue.

Há uns anos, precisei recuperar uns documentos e vi na rescisão do contrato de trabalho do meu emprego de datilógrafa na época: a moeda brasileira do final dos anos 80 era o cruzado novo. O aborto por sucção, em clínica médica, é caro. Presumo ter custado 5 mil cruzados novos, uns 5 mil reais hoje.

Y assumiu a parte financeira que cabia a ele, concordamos que seria a metade. Era um cara duro, mas vivia com a família remediada, não ajudava em casa e tinha acabado de receber uma pequena herança, a venda de uma sala, daquelas cujas janelas abrem-se para os fossos mofados dos prédios vizinhos, no centro de Belo Horizonte.

Raspei a minha parte para pagar o aborto do dinheiro que me sobrou depois que banquei, sozinha, a despesa com a cirurgia da gravidez tubária. Com isso, a reserva financeira que eu tinha foi acabando.

***

Na minha memória, revejo o exame com o número que comprovava o meu tempo de gestação: na data marcada para o aborto, o embrião teria 30 dias. Eu trazia guardado um livro escolar de Ciências Naturais da 7ª série que ensinava sobre reprodução humana. Gostava de ficar olhando as ilustrações coloridas. Nesse livro, aprendi que com 30 dias de gestação o embrião seria do tamanho de um grão.

Lembro muito bem disso, da minha agilidade para resolver a situação e de me sentir orgulhosa de não ser tão lelé, assim, afinal.

Tinha pressa de um fim.

XIV

Acordo cedo, vou abortar.

Pego minha bolsa e saio.

A operação foi marcada para as 9h da manhã, recordo com clareza, porque gosto desse horário para iniciar minhas obrigações. O médico só operava até o meio-dia, para que a mulher pudesse se recuperar na clínica mesmo.

***

O aborto é uma coisa a se fazer entre o Salmo 5, quando se pede proteção e o Angelus das 6h da tarde, quando se agradece por ter voltado para casa, a tempo de servir a janta.

***

Três horas antes do aborto, me agachei de cócoras no banheiro do meu apartamento. Reparei o piso sujo e desgastado entre as coxas abertas. Enfiei comprimidos brancos, com aspecto de feijão, no fundo da minha vagina. Eram para dilatar o colo do útero. Quando o toquei, para enfiar o comprimido, a ponta do meu dedo sentiu-o macio e intumescido, hoje me dou conta de que estava assim anunciando a gravidez.

Abri a cortina do meu quarto para ter um pouquinho de luz: o dia amanhecia, mas ainda estava escuro.

Na rua, quando já estava indo para a clínica, senti o vento comprimindo a blusa contra o meu corpo, o peso leve dos seios vivos e livres, os bicos espetando na malha, o corte de cabelo repicado: ah, aquela memorável estética do final dos anos 80 contrastava com o coração de uma bela mulher em dificuldade!

Naquele dia não, mas eu costumava alfinetar um *botton* gritando "Sem tesão não há solução", a frase em vermelho sobre o fundo branco e a palavra "tesão" em letra maior, no bolso do *cropped jeans* lavado, que eu vestia sem nada por baixo.

Sou denotativa e aquele desbunde fazia parte da cena contracultural da época. Tesão era substantivo, adjetivo e verbo. A frase do *botton* apareceu, primeiro, pichada em um muro de um cemitério em Sampa. Daí, espalhou-se pelo país. Virou título de livro e, por fim, filosofia de vida da minha geração: quem nasceu nos atrevidos anos 60.

XV

Me dê um silêncio.

***

Amor é a gente querer achar e ficar com o que é da gente. Dizem que o aborto é uma decisão difícil e que as mulheres não devem, em um tempo à frente de suas vidas, olharem outra vez para aquela decisão.

Coragem, coração.

XVI

Fui de ônibus, sozinha, como eu decidi.

Desembarquei na faixa de pedestre em um sinal luminoso da avenida Amazonas e esperei o homenzinho verde piscar, feito meu pai me ensinou. Onde ficava aquele endereço? Tinha vergonha de perguntar a quem passava por mim.

O ônibus afastou-se.

Seguia para o centro da cidade e de lá em direção a um bairro distante. Acompanhei-o com a vista até ele virar uma esquina e eu não ter mais o que olhar.

***

Foi quando, em diagonal, atravessei uma avenida reta e comprida indo parar do outro lado, em um posto de gasolina movimentado, de onde vejo um recorte rosa-cálido, era a fachada de um casarão, no endereço que eu procurava.

Na minha memória afundaram em qual altura da avenida Amazonas ficava o casarão e o que fiz daquele pedaço rasgado da folha pautada de um caderno de espiral metálico com um número de telefone e um endereço anotados a caneta azul em letra miúda.

XVII

Meço as horas. Os ponteiros do meu relógio de pulso mostram que eu estava adiantada. Podia muito bem ter procurado o que fazer, tomado um café e comido um pão de queijo em uma lanchonete por ali. Sentava-me numa daquelas cadeiras altas. No balcão, abria um livro, sempre os carregava comigo.

Só que não: por quase uma hora, fiquei chocando os minutos.

Ouvia os ruídos familiares do amanhecer de uma cidade que eu amava. Garçons exauridos jogavam toalhas axadrezadas nos ombros, enquanto empilhavam e carregavam cadeiras e mesas de ferro, úmidas de sereno, para dentro de botequins baratos, recendendo cheiros da noite.

Garotas varadas da madrugada riam umas das outras por se verem com os rostos borrados de *kajal*. Os miseráveis do parque e os homens de terno abriam seus jornais, enquanto andavam pelas calçadas assustando bandos de pombos. Anunciando as notícias do dia, ouço uma rádio por perto e um tumulto ameaçador: era a opinião pública.

Naquele ano, no mês de novembro, ocorreria a primeira eleição direta para presidente, após a Ditadura Militar, como resultado do processo de redemocratização no Brasil. Foi uma campanha agressiva. Na reta final, no segundo turno, um candidato acusou o outro de ter sugerido pagar um aborto para uma ex-namorada. Na minha opinião, a acusação foi decisiva para o resultado da eleição perdida pelo candidato apontado como abortista.

***

Acompanhava política com paixão. Entre a moçada, dentro da noite, no Bar do Lulu, no Santo Antônio, espremidos entre fardos de jornalecos recém-saídos das prensas, as folhas ainda mornas e úmidas, as palavras cheirando a tinta, partilhávamos a euforia da esquerda chegar ao poder.

Achávamos que tudo ia ser novo, tudo ia mudar.

Eu ambicionava me tornar, na canetada do presidente com chances de ser eleito, dona do apartamento alugado onde eu morava. Era um dos dois amplos apartamentos que ocupavam o terceiro andar de um prédio de traços coloniais, comuns à arquitetura da cidade de Belo Horizonte dos anos 90.

Um prédio feio, mas bem localizado. Ficava a dois quarteirões do *campus* universitário, não fosse a proximidade eu não teria graduado. O prédio ainda existe. Fica numa praça, rodeada por bares e restaurantes, na época começando a serem instalados. A praça já era uma quebrada de universitários, onde à noite os hippies expunham suas miçangas.

O apartamento dava para a rua principal do bairro. Eu gostava dos ruídos e néons que entravam pela janela aberta do meu quarto e de ficar olhando a cortina se desfazendo em trapos de linho branco estufar para dentro e formar uma barriga, em dias ventosos.

Adorava morar sozinha: nos fins de semana, voltava para casa quando os passarinhos começavam a cantar, passava a manhã lendo, dormia ao meio-dia, acordava quando me dava na cabeça, saía no início da noite e voltava carregando braçadas de livros surrados que eu comprava por um quarto do preço nos sebos do Maletta. Os livros amontoavam-se aos pés das paredes do meu quarto.

Com as pancadas financeiras que tinha sofrido, passei a não conseguir pagar o aluguel do apartamento com regularidade. Na verdade, ali não era para o meu bolso. Mas eu já estava instalada e nunca cogitei voltar para a casa da minha família, nem admitia ter que seguir ordens, era o que iria acontecer se eu fosse morar com outras pessoas.

Por fim, decidi montar minha própria república para ajudar na despesa. Funcionou e foi divertido enquanto somente eu e W dividíamos o apartamento, éramos da mesma turma na faculdade e nos tornamos amigos de verdade. Gostava muito dele.

Mas o dinheiro continuou a faltar e havia um quarto vazio no apartamento. Espalhei o anúncio "Divido ap. perto da PUC" nas cantinas, banheiros, corredores e postes daquele *campus* vasto e ajardinado. Não me agradava botar gente estranha dentro de casa, mas não havia saída.

Um estudante de Direito atendeu ao anúncio e alugou o quarto vazio do meu apartamento. A família morava no interior de Minas, na região do Triângulo. C, lembro-me muito bem daquele sujeito. Entre outros ranços, batíamos boca, o que é contrário à minha natureza.

Uma vez, veio me questionar por que eu ainda não havia lavado a roupa, há dias apodrecendo no molho dentro da máquina. Joguei na cara dele que tudo ali era meu, inclusive a sujeira.

Por fim, deixou o apartamento batendo as portas atrás de si, quando, de madrugada, esbarrou com W subindo as escadas, abraçado a rapazes de vozes roucas que o atendiam por 50 cruzados novos e um jantar.

C desferiu contra mim: – Isso eu não aceito, não aceito. – A mão fechada socava contra o peito musculoso e depilado.

Com a saída intempestiva de C do apartamento, passei a pagar o aluguel de três em três meses. O proprietário do apartamento tinha os direitos dele, mas fazia com que eu assinasse papéis, comprometendo-me a todo tipo de reparações indevidas. Era um homem pavoroso, um caricato senhorio abusivo que se aproveitava do preconceito que a condição de divorciada impunha às mulheres naquela época.

O golpe contra nós, "as separadas", sempre vinha.

XVIII

Acendo um cigarro.

Sugo-o até a guimba mínima.

Lanço-a da janela da sala do meu apartamento com um peteleco, a ponta em brasa faiscando no ar. Hoje moro em uma ladeira de um bairro boêmio com nome de santo. O ar cheio das montanhas e boa música cantada nas noites de quinta-feira chegam até aqui.

No céu de Belo Horizonte, a gente pode até não ver, mas acham-se reunidas todas as constelações. Olhando-as, lembrei: o livro *O segundo sexo*, peguei emprestado na biblioteca da universidade e nunca devolvi.

***

On na minha *playlist* dos anos 80.

***

O livro devia estar em uma das caixas de papelão que guardo na parte de cima do armário do meu escritório. Pego a escadinha de metal na área de serviço. Volto para o escritório e fecho a porta, olhando de um lado para o outro. Subo até o último degrau. As caixas estão no fundo do maleiro. Metade do meu corpo desaparece dentro do armário e quase caio, sem jeito, com as caixas nas mãos. São pesadas.

Os anos não me sossegam.

Coloco-as em cima da minha mesa de trabalho. Sento-me. Uma das caixas me chama a atenção porque está lacrada com várias voltas de fita crepe daquelas bem grossas e grudentas. Essa caixa zanzou por todas as casas onde eu morei, me acompanhou para todo lado. Lembro de sempre vê-la sendo levada e arranjada dentro do baú do caminhão de mudança. Mas nunca me ocorreu abri-la para descobrir o que tinha dentro.

XIX

A caixa não está identificada.

Lá dentro, encontro livros, cadernos, papéis avulsos, rascunhos, fotos, cartões postais, quero ver tudo, mas deixo para mais tarde esse encontro com minhas recordações.

Fitas cassete e fitas VHS, viro-as de um lado para o outro, procurando por alguma identificação, mas vejo apenas números que agora não me dizem nada. Não tenho mais os aparelhos para ouvir e nem para ver o que está gravado nelas. Nas fitas VHS, sei que são experimentações da época da faculdade, produzidas com uma ideia na cabeça e uma câmera Super 8 na mão.

Minhas mãos foram escavando aquelas coisas da minha vida, sendo atraídas lá para o fundo, onde jazia o livro de Madame Beauvoir.

Desenterro-o.

Contemplo as traças movendo as perninhas, às tontas, na direção contrária à luz.

XX

É um velho volume de lombada gasta. Na capa, sobre um fundo branco, de cima para baixo, leio o nome da autora, Simone de Beauvoir. O título, *O segundo sexo*. O subtítulo, "Fatos e mitos": não me lembrava disso. Por fim, a editora, Divisão Europeia do Livro, que tinha os direitos de publicação no Brasil, e a tradução, de Sergio Milliet.

A modernidade dos anos 70, quando aquela 4ª edição foi publicada, está expressa na ilustração da capa de Fernando Lemos: traços geométricos e abstratos em rosa e preto formam a silhueta de uma figura feminina vestindo apenas *soutien*, calcinha e uma minianquinha estilizada, um *look* gótico.

Pego o livro, contorno-o com a mão, viro-o de um lado para o outro, voltando à frente. Abro a primeira capa. Traz na folha de rosto a palavra "Inverno", a sigla BH e o ano. Tudo escrito a lápis, com ponta bem fina, por mim. A estação do ano, onde, o ano que comecei a ler; é como marco os livros da minha biblioteca. E assino-os com minha melhor letra, abertas e sinuosas, ocupando espaço.

Folheio as páginas.

Estão amareladas, grudadas umas às outras, cheiram a terra e muitas têm marcas dobrando os cantos. Volto ao começo do livro. Umedeço a ponta do dedo indicador na língua, capturo a primeira página, depois a segunda e ainda a terceira. O papel tinha gosto doce e melava.

Na página quatro, encontro uma oração de São Geraldo e o pedaço rasgado da folha pautada de um caderno de espiral metálico. O santinho com a oração está intacto. O pedaço de papel está dobrado e cravado de furinhos, são as passagens dos túneis escavados pelas traças, ao longo de toda a grossura do livro, até vazar na capa de trás. Dentro dos túneis, as traças haviam depositado milhares de ovos, muitos já eclodidos em ninfas.

Pego o papel.

Abro-o com muito cuidado. Noto que alguma coisa trazia escrito, mas as traças haviam raspado e comido as letras, agora quase ilegíveis. Entretanto, com a minha lente de aumento ainda era possível decifrá-las: um telefone e um endereço, anotados a caneta azul, em letra miúda. Só o endereço estava completo.

Levo a mão ao peito: era a rua e o número do casarão onde fiz o aborto.

XXI

Dou um "google" naquele endereço.

Descubro, fascinada, a existência de muitas informações.

Uma delas me chamou a atenção: um registro de documentos e fotos, datado de 2012, feito por uma empresa de arquitetura a pedido do proprietário do imóvel, por exigência da Prefeitura de Belo Horizonte. O casarão ficava em uma área de interesse histórico e cultural para a cidade. Daí a necessidade daquele registro, talvez o proprietário fosse vender o imóvel.

Abro as fotos. São muitas: externas, de todos os lados do casarão, e internas, mostrando todos os cômodos.

O casarão não estava vazio quando as fotos foram tiradas. Observando o que havia dentro dos cômodos, fica óbvio que ali funcionava uma clínica médica. E que aquela clínica era popular, precária, suja e escura.

Mas, à medida que fui passando as fotos, a lembrança explodiu na minha memória: me dou conta de que aquela clínica era a mesma onde eu fiz o aborto, mas que na minha imaginação era exclusiva, bem equipada, limpa e iluminada.

Ou foi o tempo que passou?

Admiro cada foto, sem pressa.

Quero os detalhes.

XXII

É um sobrado de construção antiga, pavimento térreo e primeiro andar. A fachada da frente foi pichada. Nos jardinzinhos laterais, aqui e ali, dispostas ao acaso, cresciam sem cuidado touceiras daquela espécie comum, rasteira, de flores miudinhas e folhas roxas e compridas arrematadas em pontas.

O casarão é alinhado com a rua, sem recuo da calçada, e fica no lado direito de quem sobe a rua, em direção à avenida Amazonas. Dessa referência, eu nunca esqueci: a avenida Amazonas, reta e comprida, onde desci no ponto do ônibus.

As três janelas do pavimento térreo são retangulares, de madeira pintada de branco carcomida pelo tempo e quadrados de vidro transparente. Estão fechadas e protegidas por grades de ferro. Acima do pavimento térreo, no primeiro andar, vejo uma sacada, uma porta fechada e nada mais: ar de coisa secreta.

O pesado portão de ferro que dá acesso ao casarão fica na divisa com o muro vizinho...

Uma anciã com expressão de quem vigia finge varrer o passeio. Cospe no chão quando me vê. Pragueja, gesticulando coisas contra mim que eu não entendo.

Nos montinhos de folhas de fícus apodrecidas à beira da calçada, amontoados junto a um poste onde está colado um lambe-lambe “Trago seu Amor de Volta”, pululam larvas de mosquitos.

Na ponta dos pés, espio por entre as grades verticais do portão. Uma câmera de segurança vem na direção do meu rosto. Devolvo o olhar. A câmera movimenta-se para trás. Aperto o interfone incrustado na parede ao lado do portão.

Uma voz de mulher atende. *Clec*! O portão se abre sozinho. Entro. À esquerda do portão, subo uma escada curva de uns cinco degraus apertados que termina em um pequeno alpendre de lajotas hexagonais vermelhas, era a entrada do casarão.

Retardo o passo.

O rabo longo, liso, pálido e ainda irrequieto de um rato escapole da boca de uma imprevista gata siamesa branca que irrompe à minha frente. Ela pateia no ar, me observa de cima a baixo com seus olhos amarelados.

Nesse momento, vejo uma porta.

Entro numa saleta estreita.

À minha frente, numa parede branca, deparo com um cartaz. Era uma foto em preto e branco: uma enfermeira com o indicador da mão direita ereto e colado aos lábios cerrados.

XXIII

Ao entrar na saleta, não desperto nenhuma reação aparente na jovem sentada em uma das cadeiras apertadas contra a parede. Ela usava traje de verão: short, camiseta de malha de listras azuis e bege e sandálias Havaianas.

Esmagados contra a areia branca do cinzeiro de pé, ao alcance das mãos da jovem, reparo três tocos de cigarros fumados pela metade, os filtros manchados de batom vermelho.

Sento-me ao lado dela, sem dizer nada. Estávamos ambas sem jeito. O mirrado e áspero estofado da cadeira ainda guardava o fundo e o quente da bunda que o ocupou antes de mim.

Agora, sim, eu introduzira-me de verdade no drama das mulheres.

A jovem manteve os olhos fixos no que fazia: distrair-se com um livro grosso e manuseado, precariamente equilibrado no colo. Interrompia, largava a página, voltava a ler:

Cavalgo por um caminho estreito, em direção aos Pirineus. Meu animal era precioso: Azizah, uma égua árabe, negra, crina e rabo rebeldes, trote macio e firme. Nossa passagem levanta uma poeira entre o paredão de rochas e a costa do Mediterrâneo.

Era verão na Riviera Francesa. Fazia um calor causticante, os dias estavam luminosos, ensolarados e azuis. No horizonte longínquo, uma neblina em forma de anel tornava invisível o topo da cordilheira.

Estava vestida com uma burka de cânhamo, índigo, tampada dos pés à cabeça. Enxergava o caminho à minha frente, através do fino bordado vazado na altura dos meus olhos. Sentia-me bela, protegida e secreta ...

***

De repente, a jovem enfia o marcador na página, fechando o livro de uma vez. Despisto a bisbilhotice, estalando a falange do metatarso do meu dedo maior de todos: *tlec*!

Debaixo do livro, percebo a grande bolsa de plástico transparente. A jovem continua a ocupar as mãos, brincando, agora, com o fecho. Dentro da bolsa, noto peças de um biquini e uma toalha de piscina com desenhos infantis em tons de azul.

***

Naquela manhã, eu fui arrancar o dente siso. E ela foi passar o dia no clube.

***

No centro da saleta, à nossa frente, vejo uma mesinha de recepção, alta, com tampo de fórmica. Em cima da mesa, um monitor mostra o movimento da rua lá fora, em uma grade de imagens. A anciã com expressão de quem vigia agora cata os montinhos de folhas de fícus usando uma pá de cabo longo.

O telefone toca.

Eu e a jovem levantamos a cabeça. Uma enfermeira sai de uma porta interna que estava fechada para atender as chamadas: – Consultório de ginecologia. Sim, são 400 cruzados novos a consulta e não, não aceitamos convênios, só particular mesmo. – A enfermeira repete aquelas palavras para todas as chamadas, enquanto enrola os dedos no fio em espiral que saía do fone. Às vezes, atende a chamada e deixa o fone em cima da mesa, fora do gancho, para simular que a linha estava ocupada.

Então, penso, é isso: um ginecologista no negócio de aborto.

Antes que a enfermeira sumisse da minha vista, abro minha bolsa, mergulho minha mão lá dentro, tateio a carteira, o plástico transparente com o exame e o envelope pardo com os maços de notas de dinheiro. Tomo tudo nas mãos, fecho a bolsa, levanto-me e vou até a mesinha de recepção, temerosa de que a mulher voltasse lá para dentro, a passos curtos e apressados.

Apresento-me dizendo que eu era a das 9h.

A enfermeira olha para mim, atenta e severa. O retrato três por quatro da minha identidade confere com o meu rosto. Pede o exame. A voz era a mesma que me atendeu, ao interfone incrustado na parede lá fora, no portão. Ela vai até uma janela atrás de si. A luz incide sobre os papéis. Ela fica com o exame, retém a minha identidade e informa que iria devolver apenas depois da operação. Ao questioná-la a razão, recebo uma resposta que joga na minha cara a criminalidade da situação na qual estava me envolvendo. Manda que eu volte para o meu lugar, me assente e espere a minha vez, me fazendo entender que eu não era a primeira ali.

Anota algo em um papel.

***

Depois, a enfermeira chama a jovem que esperava antes de mim. Ela se levanta, pega suas coisas e entra lá para dentro, passando pela porta interna. A enfermeira a acompanha e eu fico sozinha. O telefone continua a tocar. Não sei quando também serei chamada e nem se, entrando, conseguirei sair.

Eu era uma mulher vivendo de sorte.

Assim as coisas aconteciam no final da década de 80 em Belo Horizonte.

XXIV

Vejo uma escada interna, oposta à porta da entrada principal. O piso é revestido com os mesmos tacos escuros e desgastados da saleta de recepção. É uma escada estreita, limitada de um lado por uma parede até o teto e do outro lado por um guarda-corpo de alvenaria, ensebado por marcas de mãos.

Olho para o alto: são dois vãos de escada. Apoio minha mão direita no guarda-corpo e começo a vencer o ondulado percurso até o andar de cima, sentindo as funduras em forma de solas de sapato esculpidas nos degraus. Ouço o estalo da madeira nos meus passos, sinto o cheiro de cera velha exalando daquele piso velho.

Paro.

À minha frente, um patamar seguido de um corredorzinho com paredes brancas encardidas e os mesmos tacos escuros e desgastados da saleta e da escada. A única luz lá dentro escorria através de um basculante fosco e tomado por manchas estreladas de caca de pombos.

Portas fechadas ao fundo e em ambos os lados do corredorzinho me aguardam. Foi por uma daquelas portas que eu entrei. De pé, outra enfermeira mandou que eu fizesse xixi, apontando para a cortina de pano desbotado que cobria uma entrada aberta dentro do próprio cômodo.

Sigo a ordem.

As paredes do banheiro são revestidas até a metade com azulejos mortiços, decorados com uma rosa despetalada entre ramos de cravos. Placas de tintas despencam do teto, onde também crescem tentáculos de mofo. Vejo um chuveiro. O piso, a bidê e o vaso são marrons. Um desentupidor e um rodo estão aparecendo, mal guardados atrás de uma pilastra em ruínas.

Sinto o cheiro quente e corrosivo que exala das entranhas daquele cômodo úmido e frio.

***

De volta ao cômodo onde estava a enfermeira, sou instruída por ela a tirar a calcinha, o *jeans*, o tênis, a bolsa e a deixar tudo dentro de uma caixa de papelão usada de supermercado que havia transportado absorvente Modess.

Depois de me raspar de maneira improvisada com Gillete, meus pelos pubianos estavam mesmo um vexame, ela me indicou o rumo para eu atravessar uma porta falsa, aberta em uma divisória de compensado no meio do cômodo, e a seguir em frente, sem parar, até uma salinha sem janela, que acabava em uma porta trancada.

Atravessei um cômodo, outro cômodo e um terceiro cômodo, todos vazios e com portas que se fechavam sozinhas, depois que eu passava. Então cheguei à salinha sem janela. Não tinha nada dentro. Do lado oposto por onde entrei, vi a porta trancada. Aproximei o ouvido: silêncio. Olhei pelo buraco da fechadura: escuro.

Volto-me para a salinha onde eu estava e, na parede, um cartaz educativo ensinava como usar o preservativo. Um homem de aparência infantil tirava a camisinha da embalagem e enfiava o dedo indicador. A unha esticava a borracha e a ponta surgia na extremidade feito um mamilo.

Ouço uma chave girar na porta trancada e uma voz de homem me convida a entrar.

***

Era um espaço apertado e a luz estava apagada. Enfiei o braço para encontrar o interruptor. A janela estava fechada, trancada por ferrolhos e reforçada por uma barra de ferro. No centro do cômodo, ficava uma maca estreita e forrada de corvino preto e, por cima, havia um lençol.

Senti aproximar-se a minha hora.

Contrário à porta por onde entrei, encostada na parede, havia uma mesa auxiliar de metal, comprida, pintada de branco e com descascados. Em cima da mesa auxiliar, todo o necessário para o aborto: frascos com líquidos coloridos pelo meio, vasilhas de plástico com algodões e gazes, bandejas e cubas de aço inox, pontas afiadas de bisturis, pinças e tesouras, caixas de luvas cirúrgicas, seringas, ampolas, esponjas, rolos de papel toalha, estojos fechados, panos e um aparelho de pressão.

Os instrumentos em posição de sentido.

Eu vestia a blusa com a qual havia saído de casa, uma malha de mangas curtas, branca, me caindo sobre as coxas, e calçava meia soquete rosa quando me deitei na maca, de barriga para cima, pernas e pés esticados. Senti frio. Dobrei as pernas, cruzei os braços e enlacei as mãos para proteger o peito, subindo e descendo, a esmo, correndo do perigo, eu estava na boca do perigoso, caralho!

Um homem de jaleco branco, cabelos pretos e escorridos apareceu e apresentou-se por dr. R: era a voz que me convidou a entrar na sala, segundos antes.

Escutei o barulho de água correndo, virei a cabeça e vi uma torneira numa pia branca, um sabão em barra amarelo e uma escovinha de cerdas curtas e duras. O médico ocupava-se em ensaboar e esfregar os punhos, as mãos e as unhas. Ao terminar, levantou as mãos: as mangas do jaleco branco caíram para trás, revelando seus braços.

Lembro das mãos já enluvadas e do instante em que ele levou uma seringa à altura dos óculos e empurrou o êmbolo para cima. Da agulha fina e longa gotejou um líquido transparente. Dr. R pousou a seringa carregada em uma cuba vazia de aço inox em cima da mesa auxiliar e falou que iria me aplicar um anestésico local. Retesei o corpo. Descruzei os braços e levei as mãos em concha até o púbis, senti os tocos de pelos duros e minúsculos varando a minha pele esfolada pela lâmina de barbear.

Antes de injetar o entorpecente, dr. R levantou a minha blusa até a altura do umbigo, abriu meus joelhos e afastou as minhas pernas usando as mãos, as luvas finas pareciam fazer parte dos braços dele. Deslizou-as através das minhas coxas, até chegar à curva da virilha. Pediu que eu colocasse meus braços ao lado do meu corpo. Cerrei o lençol nas mãos. Por um momento, senti forte o cheiro doce de éter desprendendo daquele homem de feições incertas a quem eu me entregava.

O médico deu a volta na maca e ficou de frente para o meu sexo, entre as minhas coxas abertas. Arrastou para perto de si um foco de luz que estava ao pé da maca. Acendeu-o, puxando uma cordinha. Observou-me. Não disse nada.

Curvou-se, pressionou uma mão no topo do meu ventre, jogou o peso do corpo sobre mim e penetrou-me com dois ou três dedos enluvados da outra mão.

Então, dr. R foi até a mesa auxiliar, pegou um instrumento de aço, o trabalho agora era com aquele bico de pato sem os furinhos. Voltou-se para mim. Senti os dedos enluvados abrindo os pequenos lábios da minha vulva, as paredes da minha vagina sendo afastadas lentamente uma da outra e, em seguida, o frio do bico de pato me dilatando. O médico sentou-se em um banquinho que estava por ali e voltou a puxar o foco de luz para perto de si. Ajustou-o.

Virou-se para a mesinha auxiliar, rodopiou até alcançar a cuba, onde estava um frasco com líquido vermelho e tufos de algodão. Avisou que iria desinfetar a abertura do útero, pincelando-a com merthiolate.

Enroscou um chumaço de algodão numa longa pinça de aço inox, embebeu-a no líquido e introduziu a bolota intumescida dentro de mim, até onde a ponta alcançava. Depois, movimentando lentamente a pinça em espiral, retirou-a para fora do meu sexo, abandonando-a dentro de uma cuba esmaltada em branco.

Dentro de outra cuba, estava a seringa carregada com o anestésico. O homem posicionou-a perto dos óculos e apertou o êmbolo até que o líquido transparente gotejasse através do buraco da ponta da agulha fina: uma vez, duas vezes, três vezes.

***

Um entorpecimento me tomou do umbigo à virilha.

***

Eu não estava com a dilatação necessária para a passagem da sonda, foi o que ele disse após sentir dentro de mim, acrescentando que a minha pelve era pequena. Pegou uma tesoura com lâminas compridas e curvadas e introduziu-a no meu canal adentro, pedindo para avisar, caso eu sentisse dor.

Não sentia coisa alguma. Eram apenas o movimento e a pressão do instrumento abrindo passagem por onde dr. R iria dirigir a sonda.

XXV

Olho ao meu redor: vejo uma caixa quadrada, menor do que um micro-ondas, pintada de branco, com dois botões de comando grandes e redondos, na metade de baixo. Em cima da caixa, ficava um galão de vidro transparente, vedado com tampa de plástico. No meio da tampa do galão, observo um furo central de onde saía uma longa mangueirinha flexível de plástico transparente.

Nesse momento, na minha frente, surgiu um tubo fino e duro. Uma ponta desse tubo estava acoplada à mangueirinha que saía da tampa do galão. E a outra ponta acabava numa espécie de taça de plástico, bem pequenina, era a sonda.

Querendo mostrar para o médico que eu não era uma qualquer, sendo, pedi detalhes sobre a operação de sucção.

Após aplicar a anestesia local, a sonda seria enfiada dentro do meu sexo, subiria pelo canal da vagina, passaria pela abertura do útero e a pequenina taça de plástico penetraria lá dentro: – Só um pouquinho – o médico apressou em explicar. E garantiu: – Não toca na parede do útero, vai direto nos tecidos onde está o embrião.

Antes de iniciar a sucção, o médico testou as forças do vácuo deslizando a pequenina taça de plástico na palma da própria mão, onde percebi que se ajustava perfeitamente. Presumi: caberia no meu útero.

Sobre um carrinho com rodinhas, ficava a caixa com o galão, o tubo e a sonda. A caixa estava ligada à energia elétrica.

Era uma máquina moderna. Compreendi que a bomba de sucção ficava dentro da caixa quadrada e era acionada e regulada pelos botões de comando.

***

Da minha cabeça, não saiu o ruído do motor ligando a bomba de sucção.

***

Então o médico começou a operação, observando o que acontecia dentro do meu útero por um monitor de ultrassom.

Outro monitor, como o visto na saleta de recepção, estava pendurado acima da minha cabeça e mostrava a grade de imagens com ângulos da rua lá fora. O médico revezava a atenção entre os dois monitores, enquanto movimentava a sonda e os botões.

A força da bomba de sucção provocou um vácuo no interior do meu útero, sugando lá dentro. O embrião e as membranas que o acompanhavam foram puxados através da sonda, passaram pelo tubo de plástico flexível e foram coletados no galão.

Agora me lembro: ao sentir que tinha terminado, decido, enfim, abrir os olhos.

Vejo o teto branco de onde pendia um grande ventilador que revolvia a atmosfera espessa da sala. Ouço uma mosca zunindo sobre mim. Lanço um olhar em direção ao galão para ver o que tinha lá dentro: uma espuma rosada, viscosa e inquietante. Não encheu quarto de litro. Estendi o braço, alcancei o galão e toquei o vidro em um gesto miúdo e inacabado.

XXVI

Lei não me impediu de fazer o aborto.

E eu sabia o que aconteceria comigo se a grade de imagens do monitor pendurado acima da minha cabeça mostrasse a clínica sendo estourada pela polícia. Eu estava deitada em cima de uma maca, pernas suspensas, coxas abertas, joelhos atados por correias em estribos reluzentes e enfiada no meu sexo raspado, uma sonda ligada a uma bomba de sucção.

O médico me largaria naquele estado e fugiria pela porta da sacada do primeiro andar com a maleta de couro castanho e ressecado agarrada ao peito. Os policiais iriam buscar por fichas de identificação, me algemar à maca e coletar o embrião para materializar o crime, a evidência lacrada dentro de uma embalagem Tetra Pak com o distintivo da lei.

Seria pega em flagrante delito e o policial iria ler para mim, em voz alta, o artigo 124 do Código Penal Brasileiro:

- *Provocar aborto em si mesma ou consentir que outro o provoque.*

- *Pena: detenção de um a três anos.*

Eu seria enjaulada em uma viatura com sirenes e luzes estroboscópicas ligadas no nível máximo e levada para um hospital público, onde me negariam atendimento ou me deixariam em um corredor superlotado esperando mais do que o habitual para depois me mandarem, aos gritos, para a "Ala das Curé", como costumam apelidar, referindo-se à cureta, o ambulatório onde são recebidas as mulheres que provocam aborto em si mesma ou consentem que outro o provoque.

Por fim, me submeteriam a uma raspagem sem anestesia, a "sangue-frio para você aprender a lição", ouviria de uma enfermeira, uma racha igual a mim. O médico de plantão certificaria de que limpara a sujeira que eu fiz quando, ao lixar a parede do meu útero com o instrumento cirúrgico em forma de colher, ouvisse e me fizesse ouvir um som areento.

XXVII

Fecho os olhos.

Vejo-me dentro de outro cômodo.

E, nesse cômodo, a minha frente, deparo com um oratório doméstico. Estava montado em uma mesinha baixa, de madeira barata, forrada por uma passadeira de crochê branco. Em cima da passadeira, tinha um toco de vela acesa, grudado com a própria cera, em um pires de louça antiga.

A chama indecisa se debatia em reflexos na parede branca.

Atrás da vela, vejo uma imagem de gesso. O santo mostrava uma face jovial, os olhos eram voltados para o alto, carregava um crucifixo agarrado ao peito e trajava batina preta abotoada do pescoço aos pés, onde repousava uma caveira: era São Geraldo, padroeiro da gravidez e dos pecadores.

Fui para esse cômodo de recuperação e penitência após a operação, um quartinho fechado com um catre disfarçado por um lençol grosseiro, um travesseirinho ralo ainda amassado pelo peso da cabeça da mulher que estivera ali antes de mim e um cobertor de flanela marrom com franjas puídas.

Um balde para vomitar e um penico duro e frio, na beirada do estrado.

Eu me sentia grogue, mas tentava me controlar.

Rezei.

"Deus todo poderoso e eterno, que, pela operação do Espírito Santo, preparou o corpo e a alma da gloriosa Virgem Maria, Mãe de Deus, para ser uma morada digna de vosso Filho e que, pelo mesmo Espírito Santo, santificou São João Batista antes de seu nascimento, recebei a oração de vossa humilde serva que vos suplica, pela intercessão de São Geraldo, vosso fidelíssimo servo, a proteção dos perigos da maternidade e a defesa, contra o espírito maligno, do fruto que dignastes dar-lhe, a fim de que por vossa mão que socorre e salva, ele possa receber o santo batismo. Fazei também que a mãe e a criança possam, depois de uma vida cristã, chegar ambas à vida eterna. Amém."

São Geraldo Majella, rogai por nós!

XXVIII

Fui batizada na Igreja Católica.

Guardo meu mandrião até hoje, uma camisolinha de linho, finamente bordado com florezinhas brancas e azuis pelos dedos talentosos de uma minha tia freira, quase santa. E tenho muita afeição por meu padrinho e minha madrinha.

Não fiz catequese, nem primeira comunhão e muito menos confirmei meu batismo na crisma. Não tinha costume de ir à missa. Mas admirava os mistérios das celebrações e gostava de sentir medo das imagens com cabelo de verdade e espada cravejada no peito e cobertas por panos roxos na Quaresma. Na casa da minha família, não tinha bíblia, mas hoje eu tenho a minha, encourada, é um dos livros da minha biblioteca.

Minha mãe rezava toda manhã antes de se levantar, cobrindo-se com um lençol para ter privacidade, o que me assombrou: associei rezar com fantasma. Ela me ensinou a "Ave Maria". Eu deveria escovar os dentes e rezar antes de ir dormir. Mas eu tinha pressa de me desvencilhar daquelas obrigações porque queria ir logo para a cama e ler. Escovava os dentes e rezava, pulando as partes principais.

Embaixo do colchão, para os vizinhos não verem, minha avó escondia os livros de Kardec. Defendia-se do preconceito contra a religião espírita que existia naquela época. Ela tinha um saquinho branco com um búzio costurado na frente e uma lua crescente bordada no verso. Não era coisa do espiritismo, mas um costume africano que ela herdou das ancestrais da família, o saquinho branco era um patuá, símbolo de proteção. Também discriminado por outras famílias do bairro, minha avó o carregava em segredo no fundo do recatado decote.

Nunca houve orientação ou pressão da minha família para que eu seguisse esse ou aquele caminho de religião. Também não houve nenhum ensinamento ou exemplo de ser contra quaisquer crenças. Fui criada em uma família que respeita a fé de todo mundo, os que não têm fé e os que a têm até demais, desde que não tentassem nos impor regras.

Sigo assim até hoje.

XXIX

Tenho medo de ser castigada por Deus pelo aborto que eu fiz?

XXX

O fim da tarde esvaziava os edifícios de escritórios quando deixei o casarão rosa por uma porta nos fundos da clínica. Antes de sair na rua, passei por uma área de tanque e por um pátio, onde vi colchões postos para arejar nos parapeitos de janelas e uma das enfermeiras puxando lençóis encardidos e esvoaçantes pendurados em varais. Chovia granizo. Ventava. Fiz sinal e um táxi me pegou na avenida Amazonas. Pelo vidro embaçado do carro amarelo, olhava as pessoas ensopadas correndo pelas ruas.

XXXI

Tentáculos viscosos de sangue pendem da minha vagina, escorrem pelo piso do quarto, escalam os cantos das paredes e tomam o teto. Olham para mim. Despencam em jorro sobre a minha cabeça. Ouço um grito surdo, sou tragada e me desmancho em espiral.

Estou de pé.

Minhas pernas estão abertas.

Desperto.

E, neste instante, tudo volta a ficar em silêncio.

XXXII

Tarde da noite, Y passou no meu apartamento para me ver. Sem rodeios, confirmou que iria mesmo a um show com os amigos. Não seria razoável eu querer ir, tinha feito um aborto naquela manhã. Mas deve ter me ocorrido ir. Me ocorreu. Só não fui porque não tinha ingresso. Y também não me convidou e deixou o apartamento, apressado.

***

Deito-me. Sombras projetam-se nas paredes do meu quarto: troncos, galhos, ramos e folhas da copada de uma amendoeira gigante que crescia na calçada do prédio. Dissolvo no céu da boca uma lasquinha de ácido que mendiguei para Y largar na ponta da minha língua.

O quarto estava escuro. A lâmpada da cabeceira, apagada. Os néons que vinham da rua ora irradiavam por todo o quarto, ora cintilavam de leve no ambiente, ora desapareciam por completo.

O horror se abateu sobre mim.

Pulei da cama.

Me vi cagada.

Arrastei-me até o banheiro. Me limpei. Olhei para o que saía de dentro de mim, joguei o papel sujo dentro do vaso e dei descarga numa água tingida de vermelho. No absorvente colado ao fundo da calcinha, procurei vestígios de sangue.

De pé, fui enfiando a calcinha e tropeçando até o espelho do armarinho, pendurado em cima da pia de louça verde, manchada de creme dental.

Estava sozinha, angustiada e ansiosa. Sentia-me ferida, culpada, me autocensurava. Seria julgada, punida, pisada, desonrada e humilhada.

E, ainda por cima, meu cabelo estava uma bosta.

Peido.

Vestia a mesma calcinha e a mesma blusa com as quais havia ido à clínica de aborto. Fedia. Lembrei que estava com fome. Segui até a cozinha. Cacei comida. Entupi minha boca com restos de geladeira vencidos. Era o que tinha. Comi achando gostoso. Fiquei arrotando azedo. O médico me passou antibiótico, medicamento para contrair o útero e Buscopan. Engoli os comprimidos juntos, a seco.

Não tive infecção, nem hemorragia, nem dor.

Meu corpo não sentiu o aborto.

Voltei para o quarto. Me larguei na cama, barriga para cima, puxei o cobertor da Mônica até a altura do nariz. Meus olhos caminhavam no teto: a sombra da amendoeira agora mascarava-o, semelhando escafandros. Minha mão adivinhando a mesinha de cabeceira sentia, na profusão de objetos, o desalinho da minha vida íntima.

Pego a cartela de Carlton ainda fechada, destaco a tirinha de plástico, abro a tampinha e bato o fundo do maço sobre o punho: vários cigarros se oferecem a mim. Eu não sei fumar, mas curto o jeito afetado dos fumantes. Contraio os lábios para apertar o filtro: a ponta acesa cintila, era a única luz ali. Não trago. Prendo a fumaça dentro da boca, inflo as bochechas, abro e fecho os lábios em biquinho: peixe soltando, em vez de bolhas, anéis de fumaça em direção ao firmamento do meu quarto escuro.

Sacudo os pés no ar.

Percebo que minhas unhas precisam ser aparadas e, nesse momento, lembro que esqueci de pegar a minha carteira de identidade que deixei com a enfermeira, ela também não se preocupou em devolver.

Levanto-me da cama.

Repasso meu problema, andando de um lado para o outro do quarto.

Enfileiro diante de mim os próximos passos a serem superados, gesticulando e falando em voz alta. – Vou ter que voltar, tomo o ônibus amanhã cedo, mas será sábado, será que a clínica abre nos fins de semana? Deve abrir, é tarde para ligar, deixo isso para resolver amanhã, vou cedo pegar minha identidade. Volto voando, voando.

Mas não foi o que eu fiz.

Passei todos esses anos sabendo que a minha carteira de identidade estava arquivada numa clínica de aborto.

XXXIII

Logo depois que fiz o aborto, Y me deu um pé na bunda.

Patética, supliquei a ele que tentássemos ficar amigos sem rancor e fingi acreditar nisso para aliviar o que eu sabia: ele não era o cara que iria me amar. Antes mesmo de me deixar, Y enrabichou por uma loura oxidada, nossa colega, mais dele do que minha. H fazia Publicidade na mesma universidade que nós. Ela e Y eram vizinhos, tinham uma turma em comum e eu sabia que ele, ao sair do meu apartamento, ia passar o resto da noite com ela.

XXXIV

Quatro meses depois que terminamos, na passagem daquele ano para o seguinte, eu e Y nos encontramos em uma festa que reuniu pessoas conhecidas que não haviam viajado para passar o *Réveillon* fora de Belo Horizonte.

Estávamos desacompanhados e ele quis recair: uma noitada, é claro que ela vai estar a fim, ele apostou. Dançávamos Madonna e eu estava radiante em um pretinho básico. Mas minha vontade já não era de continuação, além de que Y me pareceu um tremendo equívoco *fashion* em um colete de *patchwork* adamascado sobre o peito nu.

Varei a madrugada de primeiro de janeiro de 1990 sozinha, de pijama velho, calcinha bege e cabelo preso com piranha, ouvindo Cazuza e balançando na rede atravessada na área de serviço do meu apartamento. Refoguei um arrozinho branco, abri uma lata de ervilha Cica.

Apertei unzinho.

Fui para a janela.

Acendi.

No céu, um caco de lua: eu não era de ninguém.

XXXV

Por vários dias após o aborto, do meu útero saiu um corrimento vermelho. Depois, o corrimento passou a marrom-acastanhado. Semanas mais tarde, estava amarelo, grumoso e com cheiro de queijo. Um belo dia, escorreu viscoso e branco como clara de ovo: se eu tivesse transado aqui, ficaria grávida. Dois ou três meses após o aborto, eu menstruei.

Como a cigana profetizou, tive duas filhas.

XXXVI

O casarão rosa foi construído em 1941 por uma família de imigrantes italianos que o habitou por um período de quase 40 anos. Quando a família saiu, o casarão ficou desocupado por um tempo, até ser alugado em meados da década de 80 para o dr. R. Examinando as informações que eu encontrei na internet sobre o casarão, confirmei que era esse mesmo o nome do médico que fez o meu aborto: dr. R. Ele tinha um sócio no negócio: dr. C.

A clínica de aborto que funcionava no casarão resistiu durante uns 30 anos. Foi estourada pela polícia em 2013, após investigação do Ministério Público de Minas Gerais, provocado pela imprensa que denunciou o que acontecia naquele endereço. Dizem que milhares de registros de mulheres que fizeram aborto no casarão rosa foram encontrados pela polícia, inclusive, o meu. Mas as mulheres não podem ser acusadas de nada: a materialização do nosso crime foi levada pelas águas.

Dr. R teve o registro para o exercício da profissão cassado, após processo. Dr. C escapou pela porta da varanda secreta do segundo andar do casarão. Indiciaram enfermeiras e auxiliares, secretárias, recepcionistas, taxistas que transportavam as mulheres, faxineiras, tomadores de conta de carro que agiam como olheiros, policiais civis que acobertavam o esquema e até a anciã com expressão de quem vigia.

Por estar em uma área de interesse histórico e cultural de Belo Horizonte, o casarão rosa foi considerado um bem que deveria ter a existência registrada. As informações e fotos que eu vi na internet estão hoje no arquivo público da cidade. Mas o casarão não era tão importante a ponto de ser tombado. Foi demolido, e no endereço construído um prédio residencial com *playground*.

EPÍLOGO

Há seis meses, entrei na menopausa.

A médica me pediu os exames habituais e algo que eu nunca tinha feito antes: um ultrassom de abdômen.

No resultado do ultrassom, a médica me disse que foi detectado um "achado incidental", levando-a a pedir uma tomografia 3D. Tive medo. Não do exame, mas do resultado: "achado incidental" me pareceu uma coisa muito grave.

Com as imagens da tomografia em mãos e um laudo médico acompanhado de termos técnicos e desconhecidos que eu preferi não comentar com ninguém e nem pesquisar na internet porque ia confirmar coisa ruim, voltei ao consultório. Ela olhou as imagens por um longo tempo e me pediu uma semana para analisar o laudo. Iria conversar com colegas e preferia não adiantar nada.

Saí do consultório em pânico.

Esgotada de medo, ao retornar à médica, na semana seguinte, como combinado, ela foi direta: o "achado incidental" que apareceu na tomografia era um embrião cristalizado, litopédio. Ela escreveu essa palavra, "litopédio", em um papel branco para eu entender melhor e começou a me explicar coisas das quais nunca tinha ouvido falar. "É algo muito raro", foram as primeiras palavras dela, "raríssimo", afirmou, agitada.

Sem que ela soubesse do aborto que eu fiz, a médica me explicou que em algum momento da minha vida um óvulo foi fecundado. Ao invés de descer em direção ao útero, o óvulo fecundado fez o caminho contrário, saindo pelas franjas da trompa e indo parar na cavidade abdominal. É provável que tenha sobrevivido por um tempo, um cordão umbilical foi formado e era alimentado pela vascularização do local.

O embrião poderia até ter vingado e se transformado em feto, ter nascido e sobrevivido. Inclusive eu também poderia ter me saído bem daquela gravidez extraordinária. "Há relatos", ela afirmou, balançando a cabeça com entusiasmo. Mas, no meu caso, o embrião sucumbiu e foi encapsulado pelas membranas externas que protegem a trompa do lado esquerdo.

Quando a médica falou "trompa do lado esquerdo" e me mostrou com a ponta da caneta a imagem do litopédio, eu vi o embrião que eu acreditava ter abortado. Enquanto ela explicava, sem ouvi-la abri minha bolsa, tateei os óculos, peguei-os e os coloquei sobre o nariz. Mirei e vi: meu menino era mesmo do tamanho de um grão, de um grão de arroz.

***

Por fim, com severidade, a médica falou que eu deveria tirar o embrião cristalizado para evitar problemas no futuro.

Devolvo os óculos para dentro da bolsa.

Medito para trás: na vida, tudo cabe.

Em meus olhos, formam-se lágrimas.

Inverno, BH, 2024.

AGRADECIMENTOS

À literatura, que me colocou onde eu sempre quis estar.

À minha professora Natércia, que me ensinou a ler e a escrever no Grupo Escolar Cesário Alvim, no ano de 1971.

A Marcela Dantés, Tailze Melo, Noele Perpetuo, Elaine Moraes, Isadora Pontes, Flávia Péret, Claudia Lage, Gabriela Abdalla, Tatiana Pimentel e Maria Lectícia Firpe Penna: cada uma de vocês sabe o porquê.

Aos meus colegas e às minhas colegas, professores e professoras do curso de Escrita Criativa da PUC Minas, turma 2023, que me ensinaram o que eu precisava.

Aos meus e às minhas colegas do Colégio Técnico da UFMG, turma 1981, que acompanharam meu processo criativo.

Ao meu terapeuta Gustavo Teixeira, que me encorajou a ser fiel aos meus valores.

Ao cara que veio a me amar.

REFERÊNCIAS INTERTEXTUAIS USADAS NA ÍNTEGRA OU MODIFICADAS

NETTA p. 25: ... e grudar no útero, esse eco esponjoso do tamanho de um punho.
- Com modificação a partir de Angélica Freitas

NETTA p. 26: No cinzeiro um Dunhill queima sozinho até virar aquela casca de cinza preservando a forma clássica de cigarro, entorta para baixo, desmorona sem cair e a brasa corre lá dentro [...].
- Com modificação a partir de Lygia Fagundes Telles

NETTA p. 27: *Não tenho medo do escuro*
Mas deixe as luzes
Acesas, agora.

- Trecho da música "Tempo perdido", letra de Renato Russo. Banda Legião Urbana.

NETTA p. 30: Na cabeça, ela usava um lenço com barulhinhos de moedas que prendia uma trança grossa de cabelos negros.
... mão de menino não tem leitura, as linhas não são definidas.
- Com modificação a partir de Bartolomeu Campos de Queirós
- Com modificação a partir de Lauren Elkin.

NETTA p. 35: O gozo dele era como jorro saindo do buraco das costas de uma baleia.
- Com modificação a partir de Charles Bukowski.

NETTA p. 46: ... evitar um carro em alta velocidade, bati de encontro ao meio-fio e me vi jogada no asfalto. Caí sobre as mãos, as palmas ardiam.
- Com modificação a partir de Jean Paul Sartre.

NETTA p. 46: O ônibus não parou. Saí correndo atrás dele, perdi o fôlego dificultado pela corrida, escapou-me das mãos a carteira e o porta-níquel e não parei para recolhê-los.
- Com modificação a partir de Fiódor Dostoiévski.

NETTA p. 48: Há de ser nada, se feito no tempo certo.
– Na íntegra de Jean Paul Sartre.

NETTA p.49: ...embora eu soubesse que essas mulheres existiam e que estavam andando por toda a cidade.
– Com modificação a partir de Jarrid Arraes.

NETTA p. 50: Embora sejam silenciosos, os livros sussurram as lutas dos seres humanos de cada tempo.
– Com modificação a partir de Irene Vallejo.

NETTA p. 50: Eu queria ouvir o sussurro do aborto pela voz da literatura e, nas histórias, acompanhar a jornada das minhas heroínas.
– Com modificação a partir de Annie Ernaux.
– Com modificação a partir de Colombe Schneck.

NETTA p. 51: Tenho por hábito exprimir meus pensamentos por gestos.
– Na íntegra de Adélia Prado.

NETTA p. 53: ...as entranhas eram tenebrosas, atravancadas de volumes sinuosos que pareciam ainda se mexer.
– Com modificação a partir de Carlos Drummond de Andrade.

NETTA p. 54: Fiquei imaginando Joca entalado pelo plástico .... vencido por aquela merda toda.
– Com modificação a partir de Simone de Beauvoir.

NETTA p. 54: Perto da jaula dos lobos peguei um torrão de terra... aí me deu vontade foi de comer mato.
– Com modificação a partir de João Guimarães Rosa.

NETTA p. 55: Eu raciocinava era na lei do prático.
– Na íntegra de João Guimarães Rosa.

NETTA p. 58: Acordo cedo, vou abortar.
– Com modificação a partir de Carlos Drummond de Andrade.

NETTA p. 79: ...meus pelos pubianos estavam mesmo um vexame.
-Com modificação a partir de Helene Hegemann.

NETTA p. 88: A chama indecisa se debatia em reflexos na parede branca.
- Na íntegra de Jarid Arraes.

NETTA p. 94: ...neste instante, tudo volta a ficar em silêncio.
- Na íntegra de Helene Hegemann.

NETTA p. 95. Os néons que vinham da rua ora irradiavam por todo o quarto, ora cintilavam de leve no ambiente, ora desapareciam por completo. O horror se abateu sobre mim.
- Com modificação a partir de Fiódor Dostoiévski.

NETTA p. 97. Enfileiro diante de mim os próximos passos a serem superados.
- Na íntegra de Helene Hegemann.

NETTA p. 98. ... tentássemos ficar amigos sem rancor.
- Com modificação a partir de Cazuza.

NETTA p. 99.. uma noitada, é claro que ela vai estar a fim.
- Com modificação a partir de Cazuza.

NETTA p. 106 Mirei e vi.
- Com modificação a partir de João Guimarães Rosa

A autora e a editora se esforçaram para registrar todas as referências intertextuais usadas no texto. Pedimos a gentileza de entrar em contato com a Editora caso algum detentor de direito autoral tenha permanecido desconsiderado.

SOBRE **Isadora Pontes** QUE ESCREVEU A APRESENTAÇÃO

Isadora Pontes é doutora em estudos de Literatura pela Universidade Federal Fluminense – UFF e mestre em Estudos Literários pela Universidade Federal de Juiz de Fora – UFJF. Suas áreas de pesquisa são: literatura francesa, escritas de si, teoria *queer* e estudos feministas. Atua como tradutora de francês, tendo traduzido *O acontecimento*, de Annie Ernaux.

SOBRE AS LEITORAS CRÍTICAS

Flávia Péret

Flávia Péret é escritora e professora de Criação Literária. Mestre em Teoria da Literatura e doutora em Educação pela Universidade Federal de Minas Gerais - UFMG. Desde 2020 é professora da Especialização em Escrita Criativa do IEUC/PUC Minas. Publicou os livros: *Imprensa gay no Brasil* (2011), *10 poemas de amor e de susto* (2013), *Outra noite* (2014), *Novelinha* (2016), *Uma mulher* (2017), *Os patos* (2018), *Mulher-Bomba* (2019) e *Instruções para montar mapas, cidades e quebra-cabeças* (2021).

Claudia Lage

Claudia Lage nasceu no Rio de Janeiro, é escritora e romancista. Formada em Teatro pela Unirio, em Letras pela Universidade Federal Fluminense – UFF, mestre em Literatura pela Pontifícia Universidade do Rio – PUC Rio e doutora em Literatura pela UFF. É autora do livro de contos *A pequena morte e outras naturezas* e dos romances *Mundos de Eufrásia*, finalista do Prêmio São Paulo de Literatura 2010, e *O corpo interminável*, vencedor do Prêmio São Paulo de Literatura 2020. Em 2013 lançou *Labirinto da palavra*, com ensaios – crônicas sobre escrita e literatura, que em 2014 recebeu o Prêmio de Literatura de Brasília e foi finalista do Prêmio Portugal Telecom (atual Oceanos). Como roteirista, trabalhou na TV Globo e na Conspiração Filmes, entre outras produtoras. Criou o projeto audiovisual *O mundo não está à tona*, de resgate de escritoras brasileiras. Ministra cursos de roteiro e criação literária no Rio de Janeiro.

Nesta edição, respeitou-se o Acordo Ortográfico da Língua Portuguesa de 1990, que entrou em vigor no Brasil, em 2009.

EDITORA RESPONSÁVEL
Luciana Tanure
EDITORES
João Camilo de Oliveira Torres e Guilherme Coelho
TECNOLOGIA DA INFORMAÇÃO
Alessandro Guerra
CAPA E PROJETO GRÁFICO
Gabriela Abdalla
REVISÃO
Guilherme Coelho
FOTO DO CASARÃO
Tatiana Pimentel

CATALOGAÇÃO NA PUBLICAÇÃO (CIP)

N472d

Netta, N

Do tamanho de um grão / N. Netta
Belo Horizonte: Quixote+DO, 2025.
120 p.; 13,5x20cm

ISBN 978-65-5283-006-7

Índice para catálogo sistemático — CDD 869.8
1. Romance biográfico. 2. Aborto.

QUIXOTE + DO EDITORAS ASSOCIADAS

www.quixote-do.com.br

Rua Alagoas, 1.270 | sala 304 | Savassi
30130-168 | Belo Horizonte | MG
(31) 3141 1256

SOBRE O DULCINEIA

A força vital da novela Dom Quixote vem de encontros entre a realidade e a idealização da linguagem derivada dos romances de cavalaria.

Assim, unimos a figura histórica que inspirou a criação da personagem de Cervantes e a imagem idealizada da musa que fazia Dom Quixote sonhar.

No selo Dulcineia, o leitor encontrará a linguagem estilizada da poesia, das novelas, contos e ensaios com autoras e temas femininos reais do mundo atual.

Dulcineia é um caminho a ser seguido por quem parte em busca da mais quixotesca aventura: a leitura.

Este livro foi composto em
Register, Halyard Text e PMN
Caecilia e impresso em papel
pólen bold 90g na gráfica Star 7.